Un'estate, tre amici
e un mare di guai

Impaginazione e redazione: Aurion Servizi Editoriali S.r.l.

I Edizione 2007

www.battelloavapore.it - www.edizpiemme.it

Anno 2015-2016-2017 Edizione 6 7 8 9 10 11 12 13 14 15

Stampato presso ELCOGRAF S.p.A. - Stabilimento di Cles (TN)

IL BATTELLO A VAPORE

Colombo & Simioni

Un'estate, tre amici e un mare di guai

Illustrazioni di
Lorena Canottiere

PIEMME

1

Antonio e basta

CHIAMATEMI ANTONIO. Che sia il mio nome vero o no, importa poco. I nomi, qui in Sicilia dove abito, contano fino a un certo punto. Contano semmai i cognomi, il nome della famiglia: chi era tuo padre, e tuo nonno, e il tuo bisnonno... che lavoro facevano e quel che hanno combinato... ma i nomi, quelli non interessano... Forse per questo da noi si danno così tanti soprannomi: Rino, Peppe, Turiddu, Pupu, Rizzutu...

Comunque. A me non hanno mai dato un soprannome: Antonio, e basta.

La sera in cui cominciò questa storia era bellissima. Eravamo ormai verso la fine di agosto e non faceva tanto caldo. L'aria era mossa da una leggera brezza che odorava di salsedine. Il cielo era pieno dei colori del tramonto e il mare schiaffeggiava morbidamente gli scogli. *Sciaf. Sciaf.*

Io scendevo a piedi verso il mare e ascoltavo il suono del pianoforte che saliva avvolgente dal Lido della tonnara. Come? Cos'è una tonnara? Adesso ve lo spiego.

Una tonnara è, o meglio era, un piccolo centro del mondo per i pescatori, soprattutto siciliani (ma non solo). Nel corso degli ultimi due secoli ha rappresentato l'unico mezzo di sostentamento per centinaia e centinaia di persone, a scapito di migliaia e migliaia di tonni che venivano catturati, portati a riva, lavorati e cotti, per essere consumati o messi in conserva. Non si trattava di una pesca normale però. Non a caso quella che avviene in una tonnara è chiamata mattanza (o, in siciliano, *accisa*). Grandi banchi di tonni migrano stagionalmente dall'Atlantico al Mediterraneo per deporre le uova e poi fanno il cammino a ritroso: la loro forza, che li difende anche dagli squali, è appunto la forza del banco. Nuotano uno vicino all'altro e non si riesce facilmente a separarli. Un tonno può pesare anche centinaia di chili: pensate quanto è forte un banco!

Così, nelle tonnare, al momento giusto, si calavano delle reti lunghe chilometri e destinate a intercettare questi banchi nel loro percorso. Il capo della tonnara aveva un nome arabo, *raìs*, ed era depositario di un sapere acquisito sulla base dell'esperienza tramandata nel corso dei secoli. Il *raìs* era importantissimo perché, se sbagliava a dare gli ordini, i tonni sfuggivano alla cattura e tutto andava in fumo. In caso contrario, quando migliaia di pesci erano caduti in trappola, si tiravano le reti e li si agganciavano a uno a uno con arpioni, trascinandoli sulle barche per poi portarli a terra. A quel punto entravano in gioco le strutture della tonnara destinate alla lavorazione del pesce: capannoni, stabilimenti, sale di cottura e di essiccazione... Ma non finiva qui, perché le tonnare erano complessi molto grandi. C'erano i magazzini per il deposito dei materiali usati per la pesca, le aree per la manutenzione e il ricovero invernale delle barche, le abitazioni dei pescatori e talvolta, addirittura, le torri di avvistamento.

Una volta, di tonnare ce n'erano tante, in Sicilia. Oggi, ancora funzionanti, ne sono rimaste soltanto un paio. Una è qui, a Cala

Pizzuta, dove vivo io. Intendiamoci: funzionante vuol dire che una volta l'anno si tirano ancora fuori le attrezzature, si organizzano le barche, si riuniscono i pochi pescatori che conoscono le regole della mattanza... Ma le prede, quando va bene, sono poche decine. I grandi banchi vengono ormai intercettati al largo, con aerei, sonar e vere e proprie flotte di pescherecci potenti e modernissimi.

La mattanza, così, è diventata un evento folcloristico. La pesca fatta all'antica non è più importante come un tempo. Oggi il tonno te lo vai a comprare al supermercato, nelle scatolette di metallo che producono in Spagna o magari a Singapore. Non è più qualcosa su cui campa un'intera cittadina per tutto l'anno.

E così le tonnare rimangono deserte e vanno in rovina. E, infatti, sono quasi tutte ridotte a tristi ruderi che ogni estate vengono mangiati un po' di più dal sole e dalla salsedine. Qui sull'isola, d'altra parte, il sale e il calore divorano ogni cosa.

La vecchia tonnara di Cala Pizzuta, per fortuna, no.

È costruita su un tratto di ripida costa, con i ruderi dei magazzini più in alto, le abitazioni più in basso e infine l'accesso al mare; e da qualche tempo, d'estate, il suo porticciolo si trasforma in lido per i turisti. Un lido piccolissimo, ma bello proprio per questo. Sul moletto che scende al mare vengono messi ombrelloni e sdraio, sulla balconata che sovrasta il mare, all'ora di pranzo, si allestisce un ristorantino che prepara poche cose semplici, da due coppie di altoparlanti si diffonde un po' di bella musica, a volume non troppo alto. A far da sfondo, due stupende insenature e la spiaggia bianchissima di Cala Pizzuta, con un'isola disabitata di fronte.

Capite che è un posto diverso dalle solite spiagge affollate e rumorose. Qui non ci vengono tanti turisti, ma quei pochi sono affezionati e fedeli. E bastano a far guadagnare il minimo indispensabile per mantenere in piedi la tonnara. Almeno per l'essenziale.

Dovete sapere, infatti, che la tonnara appartiene a 'u Marchisi, come lo chiamano tutti: il Marchese. Ultimo discendente di una famiglia nobile decaduta, ebbe in eredità la tonnara: il che però rappresentava più un problema che un vantaggio perché aveva dei costi di manutenzione non da poco. Dopo molti anni di totale abbandono, ebbe quest'idea di realizzare una piccola struttura turistica per racimolare qualche soldo e, soprattutto, per evitare il declino irrimediabile di questo bellissimo posto.

A dir la verità, l'idea inizialmente non fu sua, ma del suo unico nipote. Un giovinastro scapestrato, senza arte né parte: Carmelo 'u jaddu, il gallo. 'U Marchisi racconta sempre che l'idea era passata per il cervello di suo nipote allo stesso modo in cui, tanti anni prima, Marilyn Monroe era passata da Cala Pizzuta.

Il fatto era vero. Era andata così. La famosissima attrice americana era in Sicilia per chissà quale film o lancio pubblicitario. Stava andando a Taormina, o ad Agrigento, o in qualche altro posto alla moda. Forse volle uscire dalle strade principali per avvicinarsi al mare, forse il suo autista perse l'orientamento: fatto sta che un pomeriggio la spider rossa di Marilyn Monroe attraversò la strada centrale di Cala Pizzuta fra lo stupore generale e si fermò davanti al caffè-pasticceria per chiedere indicazioni.

'U Marchisi, allora, era un uomo nel fiore degli anni, coi capelli neri neri, ed era seduto proprio al primo tavolino sul marciapiede. Quello all'ombra dell'oleandro. Fu questione di pochi secondi: l'autista parlottò con il barista e poi ripartì a tutto gas, lasciandosi dietro l'immagine della sciarpa svolazzante della diva, il luccichio dei suoi capelli biondo platino e un vago aroma del suo profumo.

'U Marchisi diceva sempre che avrebbe voluto correrle dietro, e fermarla, e parlarle, e chiederle di sposarlo. Invece non lo fece. Restò fermo al suo tavolino. Imperturbabile. Ma sapeva che Marilyn Monroe non sarebbe mai più passata di lì.

Raccontava questa storia per spiegare quanto fosse assolutamente eccezionale che una buona idea passasse per la testa di quello scioperato di suo nipote e per comunicare la scarsa considerazione che aveva di lui. Ma anche per dire che gli era già successo una volta nella vita di vedersi passare sotto gli occhi un'occasione irripetibile e averla lasciata andare.

Così, questa volta, non aveva commesso lo stesso errore. E quando suo nipote se n'era uscito con quella battuta: «*Miiii!* Ma che tonni e tonni! Io in un posto così mi ci farei solo il bagno e mi ci passerei le giornate a prendere la tintarella!», lui lo aveva guardato a lungo in silenzio e poi aveva detto soltanto: «Non sarà Marilyn Monroe, ma, *mizzica!*, vale la pena di non farsela scappare».

E il giorno dopo aveva dato ordine di cominciare quel po' di lavori necessari ad aprire un Lido («piccolo, però,» aveva insistito «poche persone, poco sporco e poco rumore: se no la tonnara si offende»).

Insomma, era questo il Lido verso cui stavo scendendo quella sera. Da lì veniva il suono del pianoforte. I turisti se n'erano ormai andati. E il mare, appunto, schiaffeggiava morbidamente gli scogli. Sembrava un paradiso. Non sapevo che di lì a poco quel paradiso si sarebbe tramutato in una specie d'inferno, in un nodo di avventure, in un intrico di misteri.

D'altra parte, il mare in Sicilia è così. Un momento prima ti apre le braccia come il luogo più accogliente del mondo, poco dopo è capace di rabbuiarsi e regalarti mareggiate e tempeste.

In Sicilia. Ma forse, a ben pensarci, in tutto il mondo.

2

Un'esplosione misteriosa e uno strano naufragio

COME AL SOLITO, incontrai Mohamed, indaffarato a riordinare. Mohamed è marocchino, e lavora al Lido. Più esattamente, è lui a farlo funzionare. Nessuno sa come sia arrivato in Sicilia (lui non l'ha mai raccontato), né in particolare a Cala Pizzuta. Però, in un certo senso, è stato fortunato: ha cominciato a gironzolare da queste parti proprio nel periodo in cui 'u Marchisi ebbe l'idea del Lido. Soldi, non ce n'erano e di italiani che sgobbino quanto Mohamed per pochi euro non se ne trovano... Così Mohamed ha cominciato a lavorare al Lido e il Lido sta in piedi grazie a Mohamed. 'U Marchisi continua a guardare al suo *dipendente* con un certo sospetto (non sembra fidarsi ancora completamente di lui) e Mohamed sa che deve filare dritto:

nella sua situazione, basta un nonnulla perché, perdendo il lavoro, gli sia revocato il permesso di soggiorno e venga rispedito a casa senza tanti complimenti.

A me Mohamed sta simpatico: con il suo curioso cappellino di lana colorata in testa è sempre sorridente, non si tira mai indietro e, nel suo italiano buffo e approssimativo, ha una battuta spiritosa per tutti. Anche io credo di stargli simpatico: mi ha raccontato che in Marocco ha una sorella e due nipoti, a cui manda quasi tutti i soldi che riesce a guadagnare. Dice sempre che io gli ricordo molto il più grande dei due, che ha più o meno la mia età. Forse per questo passa tanto tempo con me: lascia

che lo aiuti nelle sue faccende, quando esce in mare con il canotto mi porta con sé, mi racconta spesso del suo Paese... e soprattutto mi lascia libero accesso al Lido, senza farmi pagare.

Quella sera stava trascinando due lettini e una pila di cuscini: ha davvero un fisicaccio, Mohamed!

– Ehilà, Antonione! – esclamò, alzando un braccio per salutarmi. – Ancora in giro? Bisogno qualcosa?

In realtà Mohamed sapeva benissimo perché ero lì. Il bagno serale, nella solitudine e nel silenzio, è una cosa che non mi perderei per niente al mondo. Anche Mohamed la pensa allo stesso modo e molto spesso l'ultima nuotata ce la facciamo assieme. Qui da noi si mangia piuttosto tardi, la sera, e non è raro che io me ne resti a sguazzare in acqua fino a che fa buio.

Andò così anche quella volta. Mohamed aveva sempre un mucchio di cose da fare prima di potersi prendere del tempo libero e io lo aspettai per un bel po'.

Nel frattempo, per fortuna, arrivarono anche Paola e Anna: ci diamo spesso appuntamento al Lido per il bagno serale. Paola ha la mia età ed è la mia migliore amica. Non abita a Cala Pizzuta: sta in città, ma trascorre l'estate qui e ci divertiamo un mucchio assieme. Anna, invece, è del settentrione e da un mesetto è qui con Paola a passare le vacanze.

Quando finalmente Mohamed ci raggiunse, era quell'ora in cui non è più giorno ma non è ancora notte. L'ora migliore.

Il cielo era ancora colorato dal tramonto, ma si stava scurendo rapidamente. Il silenzio, attorno, era completo: solo, ogni tanto, un gabbiano ritardatario faceva sentire il suo grido di richiamo. L'acqua era tiepida e accogliente, quando ci tuffammo. Avrei potuto starci per delle ore. E, in effetti, ne dovette passare del tempo, perché pian piano si fece buio e ancora noi quattro giocavamo e scherzavamo nel mare liscio come l'olio.

Ci eravamo allontanati da riva e ci divertivamo a nuotare sott'acqua e a guardare le mille bollicine chiare che i nostri movimenti producevano nell'acqua ormai nera. Era tutto troppo bello. Troppo.

Fu proprio mentre riemergevo, infatti, che l'aria tremò per l'esplosione.

La prima cosa che vidi furono le fiamme che si levavano rapidissime dalla tonnara. E poi il fumo che saliva in cielo. Ma non solo quello. È vero che la vista era velata dall'acqua salata e i capelli bagnati mi ricadevano sugli occhi. È vero anche che ormai era buio ed eravamo piuttosto distanti dal Lido, però... però avrei giurato di vedere delle ombre che sgattaiolavano veloci e furtive verso la salita che portava alla strada principale.

Mohamed riemerse poco dopo di me. Esclamò qualcosa di incomprensibile nella sua lingua e subito partì con potenti bracciate. Noi tre restammo per un po' interdetti, poi lo seguimmo. A riva, 'u Marchisi si sbracciava con gesti disperati e urlava. Mentre nuotavo con foga, vidi Mohamed correre verso la tonnara e sentii il Marchese imprecargli dietro in siciliano stretto. Arrivati al molo, capimmo che il fuoco proveniva dai locali dietro il ristorante e facemmo in tempo ad aiutare 'u Marchisi che stava svolgendo un lungo idrante nel tentativo di gettare acqua sulle fiamme. Ma già Mohamed, con i due estintori di emergenza, era riuscito a controllare l'incendio e a circoscriverlo alla stanza della caldaia. In pochi minuti restarono soltanto pareti affumicate, fuliggine ovunque e una gran puzza di bruciato.

Alla fine Mohamed, madido di sudore e tutto sporco di nero, si sedette sull'estintore, ansimando.

Il Marchese si avvicinò al giovane, con gli occhi furenti.

– Così ti prendi cura del Lido?! Sei un disgraziato!

– Ma signor Marchese, io...

– Io cosa? Quante volte ti ho detto di spegnere il generatore alla sera e controllare che tutto sia a posto? Lo sai che ci sono le bombole di gas e le taniche di gasolio nel locale della caldaia!

– Ma io *ho* spento...

– Hai spento un accidente! Secondo te, una caldaia spenta esplode?!

– Io dico che ho spento tutto bene...

– Certo! Come no? E ci è andata bene che non hanno preso fuoco le strutture di legno, se no a quest'ora...

– Ma io...

– Non voglio sentire più una parola!

Mohamed aveva l'aria di un cane bastonato. Mi faceva una pena... Mi feci coraggio: – Ma signor Marchese, quando c'è stata l'esplosione, dal mare, io ho visto qualcuno che scappava, insomma non qualcuno di preciso, ma c'erano delle ombre...

– Delle ombre! Delle ombre! Non inventarti scuse per proteggere il tuo amico.

– Ma... ma, forse dovremmo chiamare la... la polizia – si azzardò a balbettare Anna – magari fanno ancora in tempo a...

– La polizia non la chiamo manco morto! Ho imparato quando avevo la vostra età che non si va a piangere dai poliziotti: qui le cose non funzionano come a casa tua, *nel continente*: qui in Sicilia, un vero uomo i propri problemi se li risolve da sé, non se li fa risolvere dagli altri!

Non ci fu modo di aggiungere neppure una sillaba, perché 'u Marchisi ci piantò lì dirigendosi verso il suo appartamento, poco più su. Si voltò solo per gridare: – Stai attento, Mohamed. Ti pago per badare a questo posto, non per farti i bagni notturni come fossi in vacanza! Dovrei licenziarti su due piedi e spedirti a casa tua con un calcio nel sedere! Ecco quello che dovrei fare! E voi, *picciriddi*, dovreste essere a casa, a quest'ora, invece di starvene qui tra i piedi!

Già mi sembrava di non stare troppo simpatico al Marchese ma, in quel momento, era proprio inviperito. E non solo con Mohamed.

I poliziotti, poi, il giorno successivo si presentarono comunque al Lido. Ma in effetti non fecero granché. «Un semplice accertamento» dissero. Qualcuno doveva aver segnalato al commissariato l'esplosione: dalle nostre parti tutti sanno sempre tutto di tutti, anche se nessuno sembra mai sapere niente di nessuno. E la polizia non poteva certo fare a meno di verificare cosa fosse successo. Ma il Marchese si guardò bene dal denunciare l'accaduto e la cosa finì lì.

Tra le altre cose, ci spiegò Mohamed la sera stessa dell'esplosione, il proprietario della tonnara aveva, come si suol dire, la coda di paglia. Mohamed lavorava molte più ore del normale per una paga molto più bassa del dovuto: insomma, meno controlli c'erano e meglio era.

Ma dalla chiacchierata che facemmo

dopo che il Marchese se ne fu andato venne fuori un altro particolare importante. Anna era stata più veloce degli altri nel riemergere e anche a lei era sembrato di vedere dei movimenti sospetti vicino alla tonnara. Dunque non era stata solo una mia impressione.

Ciò nonostante, anche Mohamed si mostrò piuttosto scettico sull'ipotesi che qualcuno avesse provocato l'esplosione alla tonnara, per quanto continuasse a sostenere di aver spento la caldaia prima di venire a fare il bagno con noi. Si guardò bene dal darci ragione, soprattutto alla presenza del Marchese, e forse proprio questo rabbonì il suo datore di lavoro.

Il Marchese, infatti continuò a rifiutarsi di crederci. Nei giorni successivi, però, fu meno duro con Mohamed, limitandosi a rimproverargli di non aver vigilato con sufficiente attenzione. Povero Mohamed: gli tocca anche il compito di custode!

In ogni caso, per quanto con visibile sforzo, pure lui recuperò almeno un po' di quel buonumore con cui mi accoglieva ogni volta che arrivavo alla tonnara. Erano ormai passati un paio di giorni dall'esplosione.

– Antonione in ritardissimo, oggi! Dormiglione, tu!

– Mai come i turisti! Non c'è nessuno?

– Ancora nessuno! Bellissimo! Calmissimo. Anche Marchisi è uscito con la barca a remi a pescare. Tu puoi fare bagno più bello di giornata: tutto solo.

– Purtroppo no: ho fatto una colazione enorme. Ci metterò due giorni a digerire...

Mohamed mi guardò ridendo sotto i baffi: sa che non sono capace di resistere al richiamo del bagno in mare più di mezz'ora.

– Va beh... due giorni magari no, ma ho dovuto promettere a mia madre che avrei aspettato almeno un po'. Vuoi una mano?

– Grazie, ma già fatto tutto. Devo solo sistemare una cosa al ristorante... Dammi il cambio qui: controlla che tutto ok.

E, allontanandosi, mi lanciò il suo piccolo binocolo, quello con cui si atteggia a bagnino e nei momenti di calma tiene d'occhio i dintorni. Ma non serve mai. I turisti italiani sono strani: per loro, il mare finisce a dieci metri dall'approdo più vicino. Curioso, per un popolo che ha il mare da tutte le parti. Siamo solo noi ragazzi (e gli stranieri) ad avventurarci lontano. Così, di solito, Mohamed ha proprio poco di cui preoccuparsi. Però sa benissimo che mi piace guardare con il binocolo, e trova sempre qualche scusa per lasciarmelo.

Finì che mi misi proprio sulla punta del molo, con i piedi a mollo e... l'ho detto: mi piace guardare col binocolo. Giusto davanti alla baia di Cala Pizzuta, c'è una piccola isola, poco più che uno scoglio. *Scogghiu re correnti*, la chiamiamo appunto dalle nostre parti: e, in effetti, bisogna stare attenti a nuotare da quelle parti, perché talvolta tirano delle correnti capaci di portarti via, chissà fin dove. Quel che è bello, da riva, è che, a scrutarla attraverso le lenti, ti senti un po' come Robinson Crusoe, o come il comandante di qualche galeone pirata alla ricerca di un punto per sbarcare un tesoro o... insomma io m'immagino cose di questo tipo: son capace di starci un mucchio a fantasticare.

Ma quel che era importante vedere, quella volta, non lo vidi con il binocolo. L'avevo appoggiato di fianco a me e avevo lasciato i pensieri liberi di andare. Io sono fatto così: ogni tanto mi piace fermarmi, e pensare cose strambe, non necessariamente qualcosa di preciso; appunto, lasciare liberi i pensieri di andare per i fatti loro. Mi riparavo gli occhi dal sole con la mano e, quasi senza accorgermene, a un tratto capii che c'era qualcosa che non andava. Un movimento. Un riflesso. Non so. Ma quel punticino... Quel punticino che doveva corrispondere alla barca del Marchese, che avevo distrattamente inquadrato poco prima, là davanti, ferma tra la riva e lo *Scogghiu re correnti*... Strano.

Ripresi lentamente il binocolo e cercai il punto, faticando a metterlo a fuoco.
Perché 'u Marchisi si dimenava

in quel modo? Cosa stava facendo? E la barca... la barca era strana... Ondeggiava, ma in modo anomalo. Cosa aveva che non andava? Era... era più bassa. Era più bassa di quanto avrebbe dovuto. Diamine! Come avevo fatto a non capirlo subito? Stava affondando!

Saltai su di scatto, e corsi urlando verso il ristorante.

Mohamed ci mise un po' a capire. Poi, per qualche secondo, pensò lo prendessi in giro. Ma il sorriso sornione che gli era comparso in viso sparì in pochi secondi. Girò gli occhi verso il mare, li strizzò per mettere a fuoco il punticino lontano e poi schizzò via come un razzo. Saltò sul gommone, calò il motore e mi urlò solamente:
– Tu tieni d'occhio qui!

Un attimo dopo, in un ribollire di schiuma, il gommone era già lontano con una stretta virata. Io cercai di capire cosa succedeva, ma anche con il binocolo non fu facile. So che quasi la barca non si vedeva più, quando Mohamed la raggiunse. 'U Marchisi tese le braccia verso il gommone e Mohamed, quasi sollevandolo, lo aiutò a salire: poi rimase chinato a trafficare tra le due barche. Infine riaccese il motore e, più lentamente, tornò verso la riva.

Mi feci trovare pronto ad accoglierli, e mentre annodavo la cima all'anello di metallo del molo sentii 'u Marchisi che diceva: – ...veniva su acqua da tutte le parti... piano piano, ma da tutte le parti... non riuscivo a buttarla fuori abbastanza velocemente... era come se le giunture del fondo dello scafo avessero deciso di lasciarsi andare tutte nello stesso momento...

– Voi lasciate sempre barca a pancia in su al sole: non fa bene. Secca. Vi dico sempre non fate abbastanza manu... mane... *manitinzioni*!

– Ma che sole e manutenzione! – esclamò indiavolato 'u Marchisi. – Cose così non succedono mica per caso o per trascuratezza! Ignorante d'un africano! Cosa credi! Qui qualcuno ha voluto... ha...

Gli tremavano le mani, non so se per lo spavento o per la rabbia. Fatto sta che non finì la frase. Rifiutò l'appoggio che Mohamed gli offriva per risalire verso casa con un: – Al diavolo! Meglio che stia zitto!

E se ne andò così, biascicando fra sé e sé. Mi sembrò che zoppicasse più del solito. E il viso era terreo, come quello di un morto.

– Cosa avrà voluto dire?

Mohamed stava inginocchiato nel gommone a rimettere tutto in ordine e si strinse nelle spalle, senza neppure guardarmi: – Quando uno è clandestino, è meglio se non fa le domande... figurati se fa anche le risposte.

– Ma ha parlato di *qualcuno* che...

Altra scrollata di spalle. Silenzio.

– Comunque, – aggiunse alla fine – ho attaccato grossa boa a barca che affondava... E comunque, per me, non va neanche giù in fondo... resta lì così. Se Marchisi vuole, la può andare a prendere e guardare bene cosa è successo...

Mohamed aveva ragione. Ad aguzzare la vista, s'intravedeva il profilo indefinito della barca del Marchese galleggiare a pelo d'acqua.

– Forse qualcuno ha voluto fargli uno scherzo... fargli solo prendere un gran bello spavento...

Ancora una volta Mohamed mi liquidò con un: – Arriva gente... –. Si drizzò, saltò fuori dal canotto e andò velocemente incontro ai nuovi clienti. Io rimasi lì a lungo a guardarmi intorno. La cosa mi puzzava: mi puzzava un mucchio di bruciato.

3

Un tuffo... nella politica

DI GENTE, POI, NE ARRIVÒ proprio poca quel giorno. Ma di alcune persone vale la pena raccontare. Al Lido fece la sua comparsa il nipote del Marchese, Carmelo 'u jaddu, con tutta una combriccola di amici (che si guardò bene dal far pagare, naturalmente... ma a tal proposito, forse, è meglio che io non sia tanto critico) e la sua fidanzata, Rosalia, che però si fa chiamare Rosaly, chissà perché. Dicono tutti che è una bella ragazza, ma è di un antipatico... Almeno, a me sta antipatica. Ve la potete immaginare. Unghie delle mani fucsia. Unghie dei piedi fucsia. Labbra fucsia. Micro costumino fucsia. Fascia per i capelli fucsia. Ciabattine con tacco (di quelle che sul molo bagnato scivolano a ogni passo) fucsia. Borsa di plastica fucsia. Il tutto completato da un bel pareo leopardato giallo e nero. Ha una voce stridula che se si potesse colorare sarebbe fucsia anche quella. Passò tutta la mattina a imprecare e lamentarsi perché noi (io, Anna e Paola) facevamo i tuffi e la spruzzavamo, almeno così diceva...

Dunque, appunto, all'inizio facevamo i tuffi dal molo, ed era fantastico. Ogni volta ci inventavamo un tuffo nuovo, con un nome particolare, sempre più buffo. Ogni volta più buffo il nome e più buffo il tuffo. Anna nuota e si tuffa così bene che, anche a volerlo, quasi non riusciva a fare cose strane. A Paola, invece, riusciva benissimo. In particolare inventò un triplo avvitamento della cicogna polacca ubriaca che faceva morire dal ridere. Ridevamo tanto che non riuscivamo a tuffarci senza bere ogni volta un mare d'acqua salata. E più bevevamo e più ridevamo. E più ridevamo e più ci venivano tuffi strampalati.

Ma alla fine Rosalia (pardon, Rosaly) tanto disse e tanto fece che Mohamed fu costretto a chiederci di piantarla. Ma noi non ce la prendemmo. Andammo a nuotare al largo, raggiungendo addirittura la barca del Marchese che, come aveva previsto Mohamed, se ne stava ancora là, in superficie. E noi restammo appesi alla boa chissà quanto tempo a fare ipotesi su come fosse potuto accadere quel fatto strano. Poi tornammo al Lido, mangiammo un boccone, demmo una mano a Mohamed e facemmo una serie di altre cose divertenti. Insomma, è inutile che stia a raccontarvi.

Quando cominciò ad annunciarsi il tramonto, recuperammo tutte le nostre cose e ci avviammo verso casa, passando in mezzo ai lettini degli ultimi bagnanti rimasti, tra i quali la compagnia di amici di Carmelo. Anche loro stavano commentando l'episodio del *naufragio del vecchio*, come lo chiamavano pensando di fare gli spiritosi. Probabilmente Mohamed gli aveva raccontato tutto.

Eravamo già passati oltre, quando cogliemmo l'ultima battuta. Manco a dirlo di Rosaly. E come si poteva non sentirla, con la sua voce fucsia?

– Ben gli sta, al vecchio. Così la pianta di andare in giro a pescare e impara a starsene in casa a cuocersi la minestrina con lo scialle in spalla: che quello, alla sua età, dovrebbero fare i vecchi!

E intanto si spaparanzava sul lettino

tutta soddisfatta e arrossata (era diventata fucsia anche lei) per il sole preso quel giorno: secondo me, non aveva neanche messo un mignolo del piede, in acqua.

Vidi Anna bloccarsi. E fissarsi i piedi con uno sguardo gelido. Poi poggiò piano a terra la sacca. Si girò. Sembrò prendere per un momento la mira.

Partì decisa, a larghe falcate, come i saltatori in lungo. Passò come un fulmine tra i lettini, sfiorò quello di Rosaly, e si librò in aria. Mise insieme il tuffo più brutto, scomposto e disordinato di tutta la sua vita: altro che cicogna polacca ubriaca. Quelli che sollevò non furono spruzzi, ma un'onda anomala.

Rosaly, completamente infradiciata, si mise a urlare come un'aquila e infilò una serie di parolacce e di insulti lunga come l'autostrada del Sole.

Ma Anna non ne sentì neanche uno. Rimase sott'acqua per un tempo infinito, allontanandosi con aggraziate spinte di gambe. Quando riemerse, la sua testa era solo un punto. E neanche allora si girò. Cominciò a dare di bracciate, fece un giro largo e la vedemmo approdare lontano, agli scogli dall'altra parte della baia. Si scrollò.

Si strizzò i capelli e, con l'agilità di una capretta, prese a risalire tra i sassi verso la strada, su in alto.

Paola mi guardò sorridendo, come a dire: – È fatta così...

Poi si mise sulla spalla anche la sacca della sua amica e c'incamminammo per raggiungerla. A Paola, il sorriso le rimase appiccicato per tutto il tempo della risalita. E pure a me, ancora alla sera, andando a dormire, mi veniva da ridere.

In effetti, però, quasi a dare ragione a Rosaly, 'u Marchisi non mise il naso fuori di casa per almeno un paio di giorni. Disse che non voleva vedere nessuno e se ne rimase chiuso in casa. In realtà, Mohamed mi raccontò di una visita. La sera stessa del *naufragio*, piuttosto tardi, dopo cena, fece la sua comparsa alla tonnara, Ciccio 'u Truce, un tipo strano, una specie di capetto mafioso della zona. In questa parte della Sicilia la mafia non è un fenomeno diffuso come altrove, però anche qui si trova sempre qualcuno pronto a farsi largo a suon di prepotenze per costruirsi la fama di duro, a radunarsi attorno quattro *picciotti* e a farsi notare dai grandi capi della delinquenza

organizzata. Ciccio 'u Truce è uno di questi. È giovane, ma nei circondari di Cala Pizzuta lo conoscono tutti e, quando c'è qualche affare losco, si sa che è probabile ci sia anche il suo zampino.

Così, quando Mohamed lo vide uscire nel buio dalla porta del Marchese, accendersi una sigaretta (lì lo riconobbe) e allontanarsi fischiettando, gli venne subito da pensare che ci fosse un collegamento tra quella strana visita e la brutta faccenda accaduta al mattino: per quanto, a dire la verità, non riuscissimo proprio a immaginare quale fosse.

Comunque, forse per lo spavento,

forse per qualcosa che gli aveva detto 'u Truce, il padrone della tonnara se ne restò a lungo rintanato a *farsi la minestrina*.

Si perse addirittura il grande evento politico dell'anno di Cala Pizzuta: il comizio dell'assessore cittadino alle politiche dello sviluppo Elena Mida. Elena Mida è una donna politica emergente: giovane, brillante e aggressiva, da tempo sta richiamando l'attenzione dei capi di partito romani per l'assenza di scrupoli con cui si dà da fare per rinnovare l'immagine siciliana con un'efficienza che sembra tutto fuorché siciliana.

Il suo comizio si teneva in coincidenza con la festa del patrono: c'era tutto il paese, più i turisti arrivati un po' da ogni dove. Una folla.

Il giorno dopo non c'era giornale che non riportasse almeno uno stralcio del suo discorso.

«È ora di dire basta alla vecchia idea della Sicilia mafiosa e arretrata! È ora di dire basta ai luoghi comuni sui siciliani buoni a nulla e retrogradi! È ora di dire basta all'immobilismo, alle cose che non cambiano mai, alle situazioni che restano sempre uguali!

È ora di cambiare, di rinnovare, di guardare avanti! La parola d'ordine è *riqualificazione territoriale*! Vuol dire che il territorio in cui si vive può essere immaginato in maniera diversa da com'è, e trasformato di conseguenza.

Per tutte le amministrazioni comunali questa ormai è la parola d'ordine: riqualificazione territoriale. Ma qui, da noi, può e deve essere una cosa ancor più speciale. Perché questa nostra bellissima terra di Sicilia non è come tutte le altre. Il nostro sole, il nostro mare, il nostro clima, la nostra cucina sono risorse assolutamente eccezionali, risorse che altrove farebbero la fortuna di chi ne dispone, mentre noi continuiamo a vivere nell'indigenza, nello sfruttamento da parte di altri, spesso addirittura nella povertà! Perché?! Perché?!, mi domando io.

Perché non basta la riqualificazione territoriale! Riqualificazione culturale ci vuole! Non basta cambiare il territorio dove viviamo, dobbiamo trasformare la nostra mentalità, la nostra cultura, appunto.

Basta con il passato: guardiamo al futuro. Sviluppo, progresso, turismo, imprenditoria significano nuove strade, nuovi servizi, nuove case... significano nuovi e numerosi posti di lavoro. Significano benessere, anche ricchezza... perché non dirlo? Noi siciliani dobbiamo forse avere paura di essere ricchi? O di poterlo diventare?

Riqualificazione territoriale e culturale: ve lo ripeto. Sono queste le parole d'ordine. Offriamo ai turisti alberghi, piscine, parcheggi, spiagge bene organizzate... offriamo loro divertimento: locali, discoteche, feste, acqua-scooter... offriamo loro queste cose invece di piste polverose per arrivare al mare, trattorie familiari, scogli scomodi, distese di fichi d'india spinosi. Offriamo loro novità e comodità e si aprirà anche per la Sicilia un futuro nuovo, più radioso, più ricco. Un futuro che, se vi fiderete di me, inizierà già dal presente!»

Il comizio fu un successone. Non ci fu notiziario locale che, nei giorni successivi, non trasmettesse le immagini del sindaco, seduto in prima fila ai piedi del palco a spellarsi le mani applaudendo con calorosa approvazione.

E, tanto per dire, il sindaco è uno che un anno fa ha stravinto le elezioni con una campagna elettorale centrata sullo slogan: *Archimede La Rossa. I valori della famiglia sono i miei valori. Serietà, trasparenza, onestà.*

Me lo ricordo ancora perché, come accade dopo ogni campagna elettorale, i manifesti rimasero per un mucchio di tempo appiccicati ai muri a sbiadire sotto il sole.

Il sindaco La Rossa vi compariva insieme alla sua bella moglie e ai tre bambini: il più piccolo, appena nato, in braccio. Aveva un sorriso così finto che sembrava di plastica. È per via di quel sorriso, mica per altro, che ho sempre pensato che non l'avrei votato mai, neanche se mi avessero pagato. Ma tanto, i bambini non votano. E neanche li pagano per votare un candidato piuttosto che un altro: cosa che invece, con i grandi, a volte succede.

Devo dire che un po' mi sentivo in colpa: per un po' di giorni, dopo le brutte faccende dell'esplosione e del naufragio, non avevo dedicato molto tempo al mio amico marocchino. Ero stato molto indaffarato, e con me quasi tutti i ragazzi di Cala Pizzuta, per la festa del patrono del paese: è tradizione, infatti, che si organizzi una grande festa che richiede il servizio volontario soprattutto dei più giovani, diretti dal parroco. Si organizza una partita di calcio fra la zona sud e la zona nord del paese, si invita qualche politico locale a tenere un discorso (e quella volta, come ho detto, sarebbe stata presente l'assessore Mida), si installano bancarelle di venditori ambulanti lungo la strada principale, si monta una pista da ballo in piazza, si allestisce un ristorante all'aperto con qualche piatto tipico della zona. È in particolare per quest'ultima attività che noi ragazzi siamo chiamati in causa. Aiutiamo a preparare tavoli e sedie, serviamo i clienti, diamo una mano in cucina, ogni sera rimettiamo tutto in ordine. Ma più che altro a me piace la fase di progettazione. Per alcuni giorni ci si ritrova tutti nelle sale della parrocchia a proporre e discutere nuove idee da realizzare: alle fine decidono quasi tutto il parroco e i ragazzi delle superiori, ma il fatto di essere tutti coinvolti nella discussione fa sentire grandi anche noi più piccoli e delle volte capita anche che i nostri pareri vengano accolti.

Fu proprio in una di quelle riunioni che ebbi a che fare con Peppuzzo. Peppuzzo è un mio compagno di scuola e non è che mi stia tanto simpatico; anzi, non mi piace per niente. Mia mamma dice sempre di portare pazienza con lui, che è fatto così, che non è cattivo, che poi, crescendo, cambierà... ma a me non importa come sarà da grande: a me importa com'è adesso. E adesso è prepotente, arrogante e, per una cosa o per un'altra, mi prende sempre in giro. Col fatto che è figlio dell'assessore Mida si crede di essere chi sa chi. Ha la lingua lunga, e la battuta sempre pronta (anche perché non ci pensa due volte prima di dire cattiverie). Io, invece, non riesco mai a rispondere a tempo, specialmente quando sono in imbarazzo: quel che avrei dovuto dire mi viene sempre in mente dopo, quando ormai è troppo tardi, e ci resto male.

Andò così anche quella volta. Ero appoggiato insieme ad altri amici al muretto fuori della parrocchia alla fine dell'incontro ed eravamo finiti a parlare della tonnara. Io cercavo di fare pubblicità al Lido: mi avrebbe fatto piacere che gli affari del mio amico marocchino andassero bene. Ero lì, tutto infervorato, a raccontare agli altri quanto era bello il mare, e che bei tuffi si potevano fare, e com'era gentile

Mohamed, quando si fece avanti Peppuzzo. Aveva sentito tutto.

– Ma certo! Dategli retta! Andate alla tonnara! Così, mentre siete lì a prendere il sole, vi esplode la sdraio sotto il sedere! In ogni caso, se vi piacciono i vecchi ruderi... Io preferisco andare al *Bikini blu* o al *Tropical Deluxe*. Lì sì che ci si diverte! Hanno anche gli acqua-scooter, e se gli allunghi qualche euro in più te li fanno guidare anche se non hai l'età. Un vero sballo!

Il *Bikini blu* è una spiaggia dove vanno i ragazzi e le ragazze più grandi che si ritrovano per andare in discoteca. Quanto al *Tropical Deluxe*, basti dire che il suo motto, scritto in colori fluorescenti all'ingresso, è: *Se vuoi restare a galla, alza la musica e balla*! Insomma, è un posto dove il baccano è la regola e le lamentele di chi abita nei dintorni sono continue. Sono tutti e due posti che la polizia sta cercando di chiudere da tempo, per ragioni diverse, ma per un motivo o per l'altro non ci riesce mai. Stavo pensando di dirlo, ma già Peppuzzo era andato oltre.

– E quell'ignorante di un marocchino poi! Non è capace di accendere e spegnere un bottone: figurati se sa organizzare un Lido.

Era ben informato, Peppuzzo, riguardo alla faccenda dell'esplosione!

– Se quel vecchiaccio d'u Marchisi non ha capito di aver messo la tonnara nelle mani di un incapace, se lo merita proprio di finire male. Perché, datemi retta, questo succederà: 'u Marchisi, *a schifiu finisce*! Vedrete: si squaglierà come una granita al sole.

E senza neanche degnarmi di uno sguardo tirò dritto, lasciandomi lì a bocca aperta, come un allocco. Lo guardai andarsene e avrei voluto corrergli dietro e prenderlo a calci nel sedere.

Il fatto è che Peppuzzo, oltre che arrogante e prepotente, è anche un bel po' più grosso di me, che sono un po' magrolino. E diciamo che questa cosa non aiuta granché a risolvere le questioni con lui.

Stavano effettivamente succedendo troppe cose strane intorno alla tonnara. L'affondamento della barca del Marchese, poi, rimase per noi un mistero assillante. Così avevamo preso l'abitudine di nuotare fino al *relitto* e restarcene là, come il primo giorno, a galleggiare tranquillamente e a ragionare sulla faccenda.

Eravamo lì, aggrappati alla boa, il pomeriggio successivo al discorso dell'assessore Mida, quando vedemmo una barca avvicinarsi. Non che ci fosse nulla di anomalo nel fatto in sé, ma la barca era strana, diversa da motoscafi, gommoni e yacht che di solito approdano da queste parti. Era una barca a vela, ma non di quelle bianche e slanciate che normalmente scorrazzano in giro i turisti. Questa era piuttosto lenta, ed era colorata di verde e di rosso, un po' come quelle che usavano una volta i pescatori da queste parti. E poi aveva qualcosa di particolare, qualcosa che faceva pensare alle navi antiche che si vedono disegnate sui libri. Quando fu più vicina, ci sorprese il fatto che fosse occupata da una sola persona: in effetti, era un'imbarcazione piuttosto piccola anche se la vela, ampia e triangolare, da lontano la faceva sembrare molto più grande.

L'uomo che la guidava era abbronzato e aveva capelli nerissimi, corti e ricci. Portava grossi occhiali da sole, ma quando arrivò vicino a noi, dopo aver calato la vela con rapidi gesti, si sporse per parlarci e se li tolse, rivelando due occhi nerissimi anch'essi, piccoli e puntuti ma sinceri e vivaci.

– Deve essere successo un mezzo disastro, qui! Cosa ci fa una barca semiaffondata così vicino a riva?

Noi non ci facemmo pregare e gli raccontammo la storia. Il marinaio sembrò molto incuriosito. Ci pensò su e poi chiese: – E così questo relitto è del proprietario della vecchia tonnara? Da tempo mi piacerebbe conoscerlo... Questa tonnara è proprio un posto straordinario. Non sembra anche a voi? Guardatela un po'...

Ci voltammo verso la costa. In effetti, in quell'ora del tardo pomeriggio, il panorama era magico. La luce calda faceva brillare la pietra rosa della tonnara, i cui muri, pilastri e porticati ricordavano un'antica città abbandonata e tutta da riscoprire, con i suoi templi, le sue abitazioni, le sue piazze e le sue vie. Affacciata così, sul mare di tutti i colori, era bellissima.

– Pare incredibile che la gente non si renda conto delle cose belle che ha sotto gli occhi e di quanto sarebbe importante proteggerle... – mormorò il marinaio quasi sovrappensiero – e anche quelli che ci provano non hanno certo vita facile...

Noi non capivamo a cosa si riferisse e non facemmo domande. Lui si riscosse subito: – Beh, avete bisogno di un passaggio? Vi porto indietro, se volete –. E ci tese la mano per aiutarci a salire a bordo. – Io mi chiamo Corrado, e questa barca è un gozzo, si chiama *Santiago*.

– Un gozzo? Cos'è un gozzo? – chiese Paola.

Così, mentre alzavamo la vela e tornavamo lentamente verso la tonnara, Corrado fece in tempo a spiegarci che i gozzi erano le imbarcazioni che usavano fino a qualche decennio fa i pescatori. Erano solide, sicure e molto capienti: le qualità necessarie per le attività di pesca. Ogni pescatore le dipingeva con i colori che preferiva, ma quelli che aveva scelto Corrado erano tipici di quel tratto di costa. Di gozzi così non se ne trovavano quasi più. Corrado aveva "salvato" Santiago, che stava per essere mandato allo sfascio dopo che il suo proprietario, un vecchio pescatore ormai in pensione, era morto: i suoi eredi non sapevano che farsene e l'avevano venduto per pochi soldi.

– Rimesso a posto e riportato in mare fa ancora la sua bella figura: altro che storie! – commentò Corrado dando una manata allo scafo.

– Ma la cosa più particolare, vedete, è la vela. La velatura con questa forma non la usa più nessuno, ma se per secoli è stata utilizzata in queste zone ci sarà pure un motivo, no? Permette di sfruttare anche il più lieve alito di vento, ma sopporta anche vere e proprie tempeste. Certo, bisogna saperla usare, e non è facile. Io stesso ho dovuto farmi insegnare da uno dei pochi esperti rimasti in circolazione, e mi resta ancora tanta pratica da fare. È un sistema di navigazione con una lunghissima tradizione. Pensate che si chiama *vela latina*.

– Ecco perché mi ricorda le navi antiche!

– Sei un buon osservatore. Bravo! Oggigiorno tutti vogliono barche comode e moderne. Queste erano, invece, barche perfette per la pesca, che un tempo non era certo un'attività confortevole. I pescatori restavano fuori anche per settimane e dovevano fare tutto sulla loro barca: cucinare, dormire, riparare le reti, stivare il pesce... Pensate che quando non c'era vento bisognava muoversi a remi. Era una vitaccia, e nessuno ci si è mai arricchito...

Così parlava Corrado, e intanto stava attraccando al molo per farci scendere.

Non vi dico il nostro stupore quando vedemmo comparire 'u Marchisi che, poggiandosi al bastone, venne col suo passo zoppicante proprio verso di noi.

Chiaramente erano Corrado e la sua barca a interessarlo: non noi tre, che ci scostammo per lasciarlo passare. Ciò nonostante, passando, ci guardò a uno a uno, e mi sembrò si soffermasse un po' più a lungo su di me. Poi si fermò sul limite del molo, a fissare con gli occhi socchiusi il gozzo. Alla fine disse solo:

– *Bedda. Bedda barca.* Una barca come si deve.

– Mi fa piacere che apprezzi. Non sono in molti a pensarla così – rispose Corrado.

'U Marchisi rimase ancora in silenzio, poggiato con entrambe le mani sul pomo a forma di testa di falco davanti a sé.

– Santiago, si chiama – sussurrò subito dopo. – Nome come si deve pure *isso*.

– L'ho scelto io. Viene dal libro *Il vecchio e il mare* di Hemingway.

– *Lu saccio, lu saccio.* Un libro saggio. Insegna molto. Come tutte le storie di pescatori.

Ci fu ancora un lungo silenzio, che a me sembrava imbarazzante. Corrado, invece,

se ne restava in piedi, in equilibrio sulla barca ondeggiante, con gli occhi fissi in quelli del Marchese, che palleggiavano continuamente tra lui e il gozzo. Fu ancora lui a parlare per primo: – Fatta per pescare è.

La barca, intendeva.

– Ha ragione. Lo penso anch'io. Ma a pescare dovrebbe portarcela qualcuno che ci sa fare davvero. *Qualcuno come si deve*.

La risposta del Marchese, questa volta, sorprendentemente, fu immediata.

– Dopodomani mattina. Presto. Le va bene?

– Bene.

– Alle cinque.

– Alle cinque.

Il Marchese tese la mano piegandosi leggermente in avanti.

– Marchese Fiammaregio, piacere.

– Avvocato Corrado Turlà, onorato.

– Siamo d'accordo.

E il Marchese si girò e si avviò, mostrando che per lui non c'era altro da dire. Uomo di poche parole, 'u Marchisi.

Corrado però ci stupì, prendendo questa volta l'iniziativa: – Marchese, mi permetta, non crede che sarebbe bene che anche i più giovani si facessero un'idea di cosa vuol dire pescare *come si deve*?

Il Marchese s'immobilizzò. Poi si voltò piano. Guardò solo me. I suoi occhi azzurri sembravano volermi incenerire.

– Possono venire – disse invece – questo, bravo *picciotto* è.

E se ne andò senza più girarsi.

Uomo di poche parole, 'u Marchisi.

4

Il vecchio e il mare

LA MATTINA STABILITA eravamo tutti in perfetto orario. A dir la verità, io ero molto più che in orario. Avevo messo la sveglia alle quattro e mezza, ma alle quattro ero già sveglio, tanta era l'eccitazione per quella gita così eccezionale. In conclusione, mi trovai all'appuntamento mezz'ora in anticipo. Il primo ad arrivare fu il Marchese, che probabilmente mi aveva visto lì fermo ad aspettare.

Arrivò, appoggiò a terra una vecchia cassetta di legno e un secchiello che aveva con sé, si sedette e poggiò il mento sul pomo del bastone, squadrandomi da capo a piedi.

– Mohamed mi ha detto che se non era per te, adesso sarei a far compagnia ai pesci. Sei stato in gamba, e non ti ho ancora ringraziato. Volevo dirtelo.

Io non sapevo cosa rispondere.

– Ecco: adesso te l'ho detto – concluse lui. Poi si voltò a scrutare il mare e non disse più altro.

Quando partimmo, la luce era ancora fioca e tanto lattiginosa che era difficile distinguere dove finiva l'acqua e dove iniziava il cielo.

Corrado aveva acceso il piccolo motore, perché non c'era un filo di vento, ma lasciava che fosse il Marchese e tenere il timone e a regolare la velocità: e lui la teneva al minimo. Non fosse stato per quel sommesso *brum brum brum*, il silenzio sarebbe stato perfetto e nessuno si azzardava a parlare. A noi ragazzi, addirittura, pareva che 'u Marchisi, con i suoi occhi azzurri fissi sull'acqua, fosse concentrato nella caccia a qualche pesce enorme e fantastico e non osavamo neppure muoverci per non spezzare quella specie d'incantesimo. Dopo quasi un'ora di quel lento andare, il Marchese spense il motore, fece un cenno a Corrado e disse: – Qui. Qui va bene –. Poi aprì la sua cassetta e ne tirò fuori lenze, pesi e ami.

– Ma io mi aspettavo che avremmo pescato con le reti, come i pescatori veri – scappò ad Anna.

– I pescatori veri, in tutti i modi sanno pescare! – replicò secco il Marchese. – La pesca con le reti è una tecnica che si apprende con la pratica: una lunga pratica. Si esce in barca per mesi con i più anziani prima di capirci qualcosa. La pesca con la lenza, invece, è l'ABC. È il modo più semplice e al tempo stesso, siccome è il primo da imparare, è il più complesso. Da qui, si inizia.

E intanto aveva distribuito a ciascuno un pezzo di sughero con avvolto attorno un lungo filo con un amo.

– Ci sono lenze come questa – e mostrò un filo un po' più grosso con attaccati alcuni pesi di piombo e diversi ami – che portano più esche in una volta: ma sono più difficili da usare. Le vostre hanno un amo solo e dovrete capire voi a che altezza posizionare il peso per immergere l'esca alla profondità giusta. Qui, ora, si pescano occhiate.

Mentre parlava, il Marchese aprì il secchiello, mostrando che era pieno di pezzi di pesce, pronti per essere infilzati sugli ami. Anna assunse un'espressione di ribrezzo al solo pensiero di prendere in mano una di quelle cose viscide e insanguinate.

– Occhiate? – domandò.

– Sì. Pesci simili alle orate, ma un po' più piccoli. Se sarete bravi, lo vedrete presto come sono fatti.

– Ma lei, come fa a sapere che qui, proprio qui, ci sono le occhiate? – chiesi io.

Il mare, in effetti, era liscio come l'olio, immobile e ovunque uguale a se stesso: come si faceva a distinguere un posto da un altro? E per di più a sapere che lì, sotto, c'erano pesci che avrebbero abboccato?

Fu Corrado a parlare.

– Non è possibile rispondere alla tua domanda, Antonio. Il mare, o lo si conosce o non lo si conosce. Se lo si pratica e lo si rispetta, si impara a conoscerlo. Dai, vediamo se il Marchese lo conosce bene!

E buttò la sua lenza. Tutti facemmo altrettanto, tranne 'u Marchisi che impiegò un po' di tempo in più a preparare la sua lenza *multipla*.

Restammo così per qualche minuto, in un silenzio che pareva irreale. Non c'era un alito di vento e l'unico rumore lo facevamo noi, recuperando la lenza per scoprire la profondità a cui nuotavano le occhiate.

Inutile dire che il primo a pescare qualcosa fu il Marchese. Trasse la sua lenza dall'acqua e dalla fatica che faceva si capiva che avevano abboccato. Proprio a metà del filo due pesci argentei e guizzanti, lunghi più o meno una spanna, erano appesi agli ami.

– Queste sono occhiate – disse semplicemente il Marchese, e non spiegò altro.

Ma io feci un rapido calcolo: cercai di capire quanta lenza c'era tra il punto che teneva in mano il Marchese e quello dove avevano abboccato le occhiate e corressi la posizione del peso. Poi buttai di nuovo la lenza. Passarono solo pochi secondi e sentii tirare con forza.

Mentre ero impegnato a recuperare il filo, intravidi il Marchese che mi faceva un cenno di approvazione, come a dire che ero stato bravo a capire da solo. Io gli risposi con un sorriso: 'u Marchisi il mare lo conosceva davvero; lì sotto, di occhiate, ce n'erano assai!

Vero. Ce n'erano assai.

Tutti pescammo qualcosa e ci divertimmo molto. Era eccitante starsene concentrati a sentire la minima vibrazione trasmessa alle dita dalla lenza. Se eri bravo a dare un piccolo strattone al filo appena

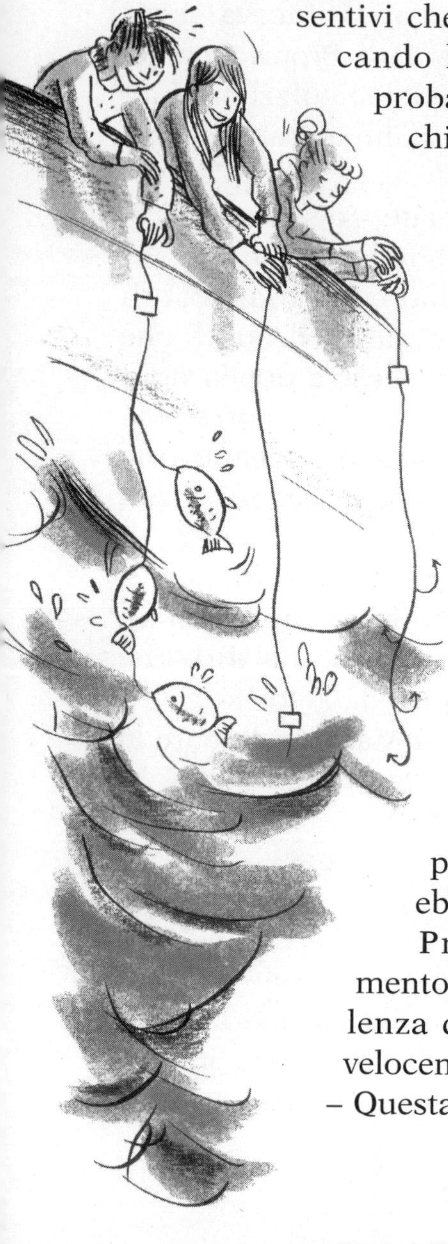

sentivi che un pesce stava toccando l'esca, aumentavi le probabilità di poterlo acchiappare.

Facemmo a gara a chi prendeva più occhiate. Corrado era in testa, ma con un solo pesce di vantaggio su di me. Stavo per buttare di nuovo la lenza convinto di raggiungerlo, quando il Marchese disse:

– Adesso basta! Ne abbiamo prese anche troppe, e non ne abbiamo bisogno. Mai esagerare.

– Ma io... – feci per protestare, ma non ne ebbi il tempo.

Proprio in quel momento, infatti, vedemmo la lenza del Marchese tirarsi velocemente verso il basso.

– Questa non è un'occhiata –

disse 'u Marchisi, e cambiò subito posizione, trattenendo la lenza con entrambe le mani, con decisione. Di tanto in tanto ne mollava un po', poi la recuperava, e via così per diverso tempo.

Si capiva che aveva abboccato qualcosa di grosso e noi tre ci guardavamo l'un l'altro, immaginandoci chissà cosa: un pescespada? Uno squalo? Un barracuda?

Anche Corrado lanciò un'occhiata interrogativa al Marchese, che evidentemente capì e replicò: – Sì, la lenza è troppo sottile per un pesce di queste dimensioni, ma forse ce la facciamo.

– Il segreto consiste nel non dare mai al pesce l'opportunità di tirare troppo, se no il filo si spezza. È molto difficile – sussurrò Corrado rivolto a noi.

Dopo un po' ci accorgemmo che lo squalo (o il pescespada, o quel che era) cominciava a girare intorno alla barca, in cerchi sempre più stretti, finché riuscimmo a intravederlo sott'acqua. A me, abituato alle occhiate prese fino a quel momento, sembrò enorme. Mi venne anche il dubbio che si stesse avvicinando per preparare un attacco alla nostra barca: e se ci avesse rovesciato? Mi passarono nella mente le immagini di quei film dove squali giganteschi si vendicano dei pescatori che gli stanno dando la caccia speronando le barche e divorandone gli occupanti.

Corrado dovette capire cosa mi passava per la testa, perché mi bisbigliò all'orecchio: – Non ti preoccupare, si sta solo stancando.

Alla fine, in effetti, il Marchese riuscì a tirarlo vicino allo scafo. Ansimando pesantemente e aiutato da Corrado, con una serie di movimenti sapienti e sorprendentemente delicati lo tirò a bordo. Non era un pescecane, e neppure un pescespada ma, più semplicemente, un tonno. A dir la verità non era neppure così grande come mi era parso inizialmente, ma era comunque una splendida preda!

Immaginatevi lo stupore quando vedemmo il Marchese staccargli l'amo e ributtarlo, libero, in mare.

– Non siamo venuti a pescare tonni. Perché ammazzarlo? E poi è stato un valente avversario, si merita la libertà. Io volevo solo vedere se vinceva lui o vincevo io. E ho vinto io.

Aveva una luce speciale di soddisfazione negli occhi. Era fradicio di sudore e si succhiava il palmo di una mano che, tagliato dalla tensione della lenza, gli sanguinava leggermente.

– In fondo, nonostante l'età, ci so ancora fare – concluse.

– Dove ha imparato a pescare così bene? – domandò Corrado.

– Mio padre diceva sempre che, marchese o non marchese, se uno vive sul mare, il mare deve imparare a conoscerlo. Così, fin da ragazzino mi mandava fuori con i pescatori, a fare tutto quello che facevano loro.

– Non aveva torto: mio padre era ingegnere e sosteneva che tutti gli ingegneri, per fare bene il loro lavoro, dovrebbero fare gli apprendisti anche dei più umili fra gli operai. Si può dirigere il lavoro di qualcuno solo quando si è imparato a farlo personalmente, ripeteva sempre.

– Ma quel tonno – interruppi io – ha fatto tanta fatica per prenderlo...

– Se è per questo – intervenne Corrado – la conoscete la storia di Santiago, il pescatore che dà il nome a questa barca? Il romanzo *Il vecchio e il mare* racconta di un vecchio pescatore cubano, Santiago appunto, che per molti giorni torna a casa a mani vuote. Alla fine qualcosa abbocca e lui si accorge subito che si tratta di una preda molto grande, superiore alle capacità sue e della sua piccola barca. Però non molla. È molto esperto e abile, e resiste per giorni, con pochi viveri e poca acqua, quasi senza dormire, facendosi trascinare e cercando di stancare il pesce, che a un certo punto salta fuori nel tentativo di liberarsi. È un tipo di pescespada enorme, bellissimo: un *marlin*, come li chiamano da quelle parti. Il vecchio è ammirato ma non per questo è disposto a cedere. La lotta fra pescatori e pesci, da sempre, si può combattere solo fino alla fine, e Santiago lo sa.

– E, alla fine, che vince?

– Vince il pescatore. Vince, eppure al tempo stesso perde.

– Com'è possibile? – si stupì Anna.

– Perché riesce ad uccidere il marlin, ma è talmente grande che non può neppure caricarlo a bordo: è costretto al legarlo al fianco dello scafo e a trascinarlo così sulla lunga strada del ritorno. Ma il sangue del pesce morto attira gli squali e così il pescatore, sfinito, deve combattere una nuova lotta. E questa volta è una lotta impari, tra decine di pescecani famelici e un vecchio armato solo di un coltello e di un rampone.

Quando finalmente Santiago approda a terra, del bellissimo marlin non resta altro che la testa e la coda unite da una lunghissima spina dorsale cui rimangono attaccati solo pochi brandelli di carne.

– È una storia molto triste – commentò Paola.

– Non lo so – s'inserì il Marchese – perché Santiago è un personaggio molto saggio e coraggioso. E anche il marlin è coraggioso e tenace. Solo che il pescatore compie un'impresa troppo grande per lui, e il mare non ti permette errori del genere. Quando lessi questo libro da ragazzo, mi sembrò che questo fosse l'insegnamento da trarne, e da allora non l'ho mai dimenticato. Anche per questo ho ributtato in acqua il tonno.

Restammo in silenzio. Aveva ragione Paola: la storia del povero Santiago aveva messo un po' di tristezza in tutti quanti.

Il Marchese, evidentemente, se ne rese conto.

– Andiamo, *picciotti*. Dobbiamo essere soddisfatti. Il mare è stato generoso con noi. E non solo perché ci ha regalato una buona pesca. Guardatevi attorno: oggi, *mare bianco* è.

Non c'era bisogno di chiedere cosa intendesse: il mare era piatto come una tavola e, nella luce del sole che cominciava proprio allora a salire, pareva davvero di latte, *mare bianco*, appunto.

– Quando c'è *mare bianco*, il che succede di rado, c'è un'opportunità eccezionale. Se avremo un pizzico di fortuna, incontreremo i delfini.

Ci riscuotemmo tutti e tre e, di buona lena, ci demmo da fare per aiutare Corrado a far partire *Santiago*. Da qualche parte, resi eccezionalmente visibili da quel mare di latte, ci aspettavano gli amici delfini.

– Eccoli! A manca!

Non era passato più di un quarto d'ora. A lanciare il grido era stato Corrado, ed effettivamente, sulla sinistra della nostra rotta, si poteva scorgere una specie di sottile linea scura inframmezzata da spruzzi. Virammo e, sporgendomi dalla barca, mi resi conto che si trattava di un banco di delfini che, quasi in fila indiana, si alternavano nelle emersioni e nei salti. Allineammo la barca e loro, che parevano davvero incuriositi dalla nostra presenza, per nulla timorosi, vennero a nuotare di fianco al nostro scafo, spesso rovesciandosi sul fianco per poter meglio guardare in su.

Ci potrei giurare: si divertivano come pazzi. Presero a saltare, a incrociarsi tra loro, a tagliarci la strada e avrei scommesso che le nostre grida e risa li esortavano ogni volta a esibirsi in numeri ancora più straordinari.

Poi, come se si fossero messi tutti d'accordo nello stesso momento e avessero cose più importanti da fare, a un tratto deviarono in un'altra direzione, immergendosi e abbandonandoci. Mi fecero venire in mente una classe di scolaretti quando suona la campanella che segna la fine dell'intervallo: stop ai giochi e tutti in classe! Di tanto in tanto, naturalmente, li vedemmo riemergere per respirare, in lontananza.

– Lasciamoli andare – disse il Marchese. – Anche per noi è ora di rientrare.

Io, Paola e Anna, euforici, ci distraemmo a commentare quell'incontro straordinario e solo dopo un po' ci accorgemmo che Corrado e 'u Marchisi stavano parlando a voce bassa tra loro.

– Posso chiederle cosa ha intenzione di fare della tonnara?

– E chi può dirlo? Al giorno d'oggi, un

posto costruito per la pesca non serve più a nulla. Soldi per mantenerlo, invece, ce ne vogliono tanti.

– Sarà anche inutile, lo capisco: però è un luogo davvero bellissimo, lo penso sinceramente...

– Se è per questo, lo pensano in tanti, sinceri anche loro, a loro modo: anzi, la sincerità, proprio, a quelli non gli manca, e neppure i soldi...

– Cosa vuol dire? Non vorrà mica decidere di venderla?

A quel punto ’u Marchisi fece un gesto con la mano fasciata, come a spazzare via cattivi pensieri.

– Lasciamo perdere, avvocato. Mi faccia la cortesia.

Corrado fece una smorfia delusa.

– Mi scusi, se insisto. Chi fa l’avvocato si occupa per forza di cose della giustizia. E occuparsi di giustizia, in questa terra, è cosa un po’ diversa che altrove. Qui ne vedi talmente tante, di ingiustizie, che non hai scelta, non puoi restartene nel mezzo: o cerchi di stare dalla parte di ciò che è giusto o finisci per stare dalla parte di ciò che è sbagliato.

Il Marchese lo guardò con fare interrogativo, come a dire «e tutto questo che c'entra?». Ma Corrado proseguì imperterrito:

– E non stiamo a parlare delle persone. Se guardiamo anche solo ai luoghi, al paesaggio, all'ambiente, si vedono tali e tante brutture, devastazioni e sprechi che non si può fare a meno di indignarsi. Ho seguito delle cause contro speculatori o costruttori abusivi, ma fortunatamente ho anche conosciuto persone diverse, per esempio legate ai gruppi ecologisti. È gente in contatto con i politici del capoluogo, e le darebbe volentieri una mano.

– Non se ne parla nemmeno!

– Magari con dei finanziamenti pubblici per il recupero dei beni territoriali...

– Li conosco, gli ecologisti! Mi hanno creato solo problemi. Gente che a ogni occasione contesta la mia tonnara perché serve a uccidere i tonni: hanno paragonato la mattanza alle corride spagnole... Io non so nulla delle corride, ma so che loro non hanno capito niente! La tonnara, un tempo, era un modo per procurarsi da vivere, non uno spettacolo come la corrida spagnola! E certo le mattanze non facevano più danni di quanti ne facciano oggi le reti a strascico, la pesca con l'esplosivo o i disgraziati che vanno a razziare nelle riserve marine! Anzi!

Era proprio imbufalito, il Marchese.

– Ma via, non si arrabbi tanto. Ci sono ecologisti ed ecologisti. Come si dice, non bisogna fare di tutta l'erba un fascio. Come in tutte le cose, gli estremisti esagerano e fanno più danni che altro: è vero. Ma ci sono persone moderate e di buon senso che vogliono solo difendere l'ambiente dove vivono. E sanno bene il valore che le tradizioni hanno in una battaglia di questo tipo.

– Sarà... Ma sa cosa mi ho trovato scritto bello in grande su un muro della tonnara qualche mese fa? *Tonnara = covo di assassini*. Ma si rende conto? Io non ho mai ammazzato nessuno. E per di più capisco benissimo che oggi fare la mattanza come una volta non ha più senso. Non sono tanto stupido. Organizzarla una volta all'anno serve solo a ricordare agli abitanti di questo paese chi sono, da dove vengono e come sapevano accordarsi per sopravvivere tutti quanti. Altro che assassini! Ecologisti? Voglio solo che gli ecologisti mi lascino stare, a me e alla *mia* tonnara: che ci lascino morire in pace. Perché lo so bene, cosa crede? Morto io, morirà anche lei, la tonnara.

5

Granite, cannoli e spaventi

INTANTO, ORMAI, ERAVAMO quasi arrivati. Passammo il promontorio di Cala Pizzuta transitando proprio sotto il faro. È un faro grande, circondato da un'ampia area recintata dove è vietato accedere perché è zona militare. Io lo osservavo dalla barca: non era la prima volta che mi capitava, ma ogni volta restavo stupito di quanto, visto da sotto in su, in cima alle rocce, sembrasse ancora più alto e imponente.

Corrado mi si avvicinò.

– Ehi! A cosa pensi? Ti piace? Il faro, voglio dire.

– Sì. Pensavo che non l'ho mai visto dentro. Il mio fratellino, che ha poco più di tre anni, va matto per il faro. Mi chiede continuamente di accompagnarlo a visitarlo, ma...

– Beh, magari è possibile.

– Cosa vuoi dire?

– Voglio dire che conosco qualcuno alla capitaneria di porto e potrei cercare di ottenere il permesso per una visita al faro. Che ne dici, ci provo?

– Mio fratello impazzirebbe di gioia.

– Ok. Vedrò cosa si può fare.

Eravamo vicini al molo

e Corrado mi lasciò per la manovra di attracco. Quando il gozzo fu bene assicurato agli ormeggi e fummo scesi a terra, salutammo il Marchese, che fu meno burbero del solito con noi. Mi diede persino una specie di buffetto sulla testa e, dopo essersi allontanato di qualche passo, si voltò come si fosse scordato qualcosa: – Passate a trovarmi, domani sera. La signora Assunta, la donna delle pulizie, mi porta i cannoli di ricotta fatti in casa. Io non posso mangiare tutta quella roba... alla mia età fa male!

D'accordo, aveva un modo tutto suo di essere gentile, 'u Marchisi, ma ci aveva pur sempre fatto un invito a casa sua. E non era cosa di tutti i giorni essere ospiti dal Marchese.

Infine, venne il momento di salutare pure Corrado.

– Beh, ragazzi: è stata davvero una bella uscita per mare.

– Grazie a te. Ci verrai ancora a trovare?

– Certo. E poi abbiamo sempre quell'accordo per la visita al faro, no? Anzi, forse la cosa migliore è darvi il mio numero di cellulare, così ci possiamo sentire. Avete da scrivere?

– Abbiamo di meglio – intervenne Anna.

E si mise a frugare nel suo zainetto, estraendone con nostra sorpresa un telefono cellulare nuovo fiammante.

– Hai un cellulare tutto tuo? Non ce l'avevi mai fatto vedere! Uau! Ed è anche un modello nuovissimo!

– Sì. È l'ultimo uscito. Fa persino le foto, si collega a Internet e tutte quelle cose lì. Me l'hanno regalato i miei genitori per questa vacanza, con il patto di usarlo solo per chiamare loro e per mia sicurezza, in casi eccezionali. Insomma: vietate le telefonatine agli amici, gli SMS eccetera...

– E oggi?

– Oggi ho pensato che, vista l'esperienza della barca affondata del Marchese, fosse meglio avere con me un telefono. Non ce n'è stato bisogno, per fortuna: ma adesso può servire per memorizzare il numero di Corrado. Com'è?

BIP BIP BIP BIP BIP. Fatto.

Il vento si era alzato, Corrado salpò e noi restammo a osservare la vela finché doppiò nuovamente il promontorio e scomparve.

Il sole era ormai alto. Il mio stomaco cominciava a brontolare e mi sentivo di ottimo umore.

– Ragazze, vi va una granita? Offro io!

– Offri tu? Allora prendo una granita e una brioche!

– E io prendo una granita, una brioche e un cannolo!

– Beh, allora vada per granita, due brioche, e un vassoio di cannoli da portare a casa.

– No, forse meglio granita, brioche, cannoli, sei cassate, due aranciate e una cioccolata.

– Ma via! Crepi l'avarizia: facciamo granita, brioche, cannoli, cassate, aranciate, cioccolata e...

La granita con brioche per colazione è una cosa divina. Lo so che a molti può sembrare una cosa strana. Per esempio, ad Anna. Anche quella volta le scappò di dire:

– Da me la colazione si fa diversamente. Le cose da bere sono calde: caffelatte, cioccolata, tè. E le brioche sono i cornetti di sfoglia: queste sembrano pane, morbido pane zuccherato.

Mica per niente qui, ad Anna, la chiamano *'a piemuntisa*, la piemontese, che è un modo per prendere in giro quelli che vengono dal nord, in ricordo di quando, due secoli fa, si fece l'unità d'Italia e iniziarono ad arrivare da queste parti amministratori piemontesi che non capivano un accidente di come funzionava la vita siciliana.

Piemuntisa o non *piemuntisa*, fatto sta che Anna non rimaneva tanto a rimpiangere le sue colazioni con latte e cacao.

– Mamma mia... *slurp*. Però quant'è buona...

E intanto intingeva con ingordigia pezzi enormi della sua brioche nella granita.

– La granita alla mandorla *mmm*... è davvero irresistibile – fece Paola, con la bocca piena.

– A me piace di più al limone – replicai io.

– No. La mia, *slurp*, al pistacchio è la migliore – biascicò Anna.

Le mie due amiche iniziarono a scherzare, fingendo di litigare e approfittandone per rubarsi reciprocamente cucchiaiate di granita con la scusa di doverla assaggiare per poter valutare quale fosse migliore.

A me, invece, tutto quel parlare di granite aveva riportato alla mente lo spiacevole colloquio avuto con Peppuzzo. «Si squaglierà come una granita al sole», aveva detto del Marchese. Ancora adesso mi bruciava dentro l'umiliazione di non aver saputo tener testa a quel prepotente.

Nel farlo mi sentivo un po' una mezza calzetta, ma decisi comunque di raccontare tutto a Paola e Anna. Loro furono molto gentili.

– Non pensarci più. A quel cafone la testa serve solo per non far cadere i cappellini stupidi che ci mette sopra; non meriterebbe neppure di essere ascoltato – mi consolò Paola.

– Anch'io, che lo conosco poco, non lo posso proprio sopportare – rincarò la dose Anna. – Però è curioso che sembri saperla tanto lunga sulla faccenda della tonnara: probabilmente in paese si parla degli ultimi avvenimenti molto più di quel che noi crediamo.

– Forse si parla di più e si sa di più – insinuò Paola.

– Non saprei – dissi io. – I miei genitori ne discutevano l'altra sera e dicevano di non capire proprio cosa stia succedendo: e non è che i miei vivano fuori dal mondo...

– Beh, stando a quello che abbiamo sentito oggi, sembrerebbe che qualcuno voglia che il Marchese venda la tonnara. Magari lo vogliono costringere...

– Sì, e per costringerlo a vendere lo fai annegare?

– E se qualcuno ce l'avesse con Mohamed?

– Certo! Uno ce l'ha con Mohamed, però fa affogare 'u Marchisi: come no! Ma ti pare? Secondo me, è la tonnara che vogliono.

– Sì, buona questa! Uno vuole la tonnara e prima la fa esplodere... Se tu vuoi comprare il motorino usato di un tuo amico, prima gli dai fuoco?

– In effetti, non si capisce granché...

– Tanto più che non saranno certo gli incassi del Lido a far gola: dal punto di vista economico, sopravvive a malapena.

– E ci sono spiagge molto più frequentate.

– Potrebbe esserci in giro qualche pazzo maniaco...

– Un maniaco che ha preso di mira la tonnara...

– La tonnara e il Marchese...

– O magari la tonnara e tutti quelli che ci hanno a che fare...

– E piantatela – intervenne Anna. – Se fosse così, anche noi dovremmo sentirci in pericolo. Ma dai!

Tutti scoppiammo in una grossa risata, che però si esaurì rapidamente in un risolino nervoso. L'ipotesi era strampalata, ma in quel momento ci sembrò possibile: e non sapevamo che di lì a poco sarebbe accaduto qualcosa che avrebbe confermato i nostri peggiori sospetti.

Finimmo la colazione in silenzio. Anna lasciò persino nel bicchiere un avanzo di granita. Incredibile!

La signora Assunta è famosa in paese. Suo marito è uno dei pochi che fa ancora il pescatore. Il pescatore *per davvero*. Esce in mare di notte e torna la mattina prestissimo per vendere il pesce al mercato. Ma capita anche che stia fuori per giorni: in quei casi è facile trovare la signora Assunta all'estremità della scogliera che scruta ansiosa l'orizzonte. M'è capitato di vederla, lì, avvolta nel suo scialle, e mi ha sempre fatto tenerezza: suo marito ha rischiato la pelle più di una volta, in mare.

In ogni caso, non è per questo che la signora Assunta è famosa. È famosa perché cucina benissimo. Conosce tutte le ricette siciliane, ed è inutile dire che prepara particolarmente bene il pesce. Ma anche i suoi dolci sono tutt'altro che da trascurare. Insomma, tutto questo per dire che un invito a casa del Marchese per mangiare i cannoli fatti dalla mani sante della signora Assunta non è cosa che si possa rifiutare.

E noi non ci sognammo nemmeno di rifiutare. Arrivammo in perfetto orario, tutti puliti e in ordine (io mi ero persino pettinato). E in perfetto orario sbafammo tutto. Mezz'ora dopo, dei cannoli restava solo qualche desolante traccia di zucchero vanigliato sul vassoio vuoto.

Il Marchese ci lasciò abbuffare, interrompendo appena il silenzio con qualche frase di circostanza, in modo da non farci sentire in imbarazzo. Di tanto in tanto lo guardavo di soppiatto e lui era lì a osservarci, col mento appoggiato sulle mani e con uno sguardo che avrei detto divertito:

non mi era mai capitato di vedergli uno sguardo così.

Poi i suoi occhi ridiventarono seri e, mentre noi ci ripulivamo vestiti e guance dallo zucchero nel tentativo di darci un contegno, prese a farci domande su come andavamo a scuola, cosa ci piaceva fare, quali sport praticavamo... Insomma, le solite cose che i grandi chiedono ai ragazzini quando non sanno cosa dire. La cosa si faceva un po' noiosa. Fu Paola a rovesciare la situazione, chiedendo: – E lei, signor Marchese, com'era da bambino? Che cosa le piaceva? Si faceva dello sport, anche ai suoi tempi?

'U Marchisi stette un bel po' in silenzio massaggiandosi la mascella. Poi cominciò a parlare piano, a bassa voce, come non stesse rivolgendosi a noi ma a se stesso, e ci raccontò di com'era la vita quando lui aveva la nostra età, dei giochi semplici e ingenui che si facevano, di come nuotava bene, delle ore trascorse a pescare sugli scogli; ci descrisse lo stupore della prima volta che i suoi compaesani videro la luce elettrica e della prima volta che lui parlò con un telefono. Ci disse dell'angoscia per la guerra, del terrore per i bombardamenti, dell'entusiasmo suscitato nei bambini dai soldati americani che avevano occupato l'isola portando con sé un mucchio di novità: il chewin-gum, i dischi, il latte condensato e la cioccolata. Così tanta cioccolata da regalarne a tutti... Ci raccontò di quanto la gente era povera e di come viveva con poco e di come era duro per la maggior parte tirare a campare.

– Eppure, – concluse – allora la Sicilia era bellissima. Al di là della povertà, delle sofferenze di tanti, della violenza troppo spesso sopportata. Se vi sembra bella adesso, forse non potete immaginarvi quanto sia stata bella allora. Una specie di paradiso terrestre. Non c'erano le raffinerie e le case abusive sulle coste, ma spiagge, insenature, scogli, gelsomini, fichi d'india e fondali di tutti i colori. In primavera i mandorli fiorivano ogni dove, mica solo in campagna, come adesso. E la ricotta te la portavano freschissima di giornata i pastori dalle colline, i pesci che mangiavi erano del mare nostro, mica le trote ingrassate nelle vasche di cemento, le arance gustose come un dolce. C'era silenzio, intorno: tutt'al più le cicale di giorno, o i grilli di notte. E la sera, c'era il profumo delle zagare, dei fiori d'arancio, ed era pieno di lucciole. Era bello, sapete? Era proprio bello...

Io e Paola le sapevamo queste cose: ce le avevano raccontate mille volte i genitori e i nonni. Ma, quella sera, nelle parole del Marchese, ci suonavano come nuove, e stavamo ad ascoltarle volentieri. Non volevamo rompere l'incantesimo e non parlammo.

Ma l'incantesimo si ruppe comunque.

– Ma poi, chissà se era proprio così bello o se mi sto inventando tutto. Col tempo i ricordi si appannano e tutto appare sotto una luce diversa, più rosea. Il fatto è, forse, che ero solo più giovane: tanto più giovane. E a noi vecchi capita di mischiare le cose vere con i sogni. Magari pure voi ricorderete questi anni, fra molto tempo, come un paradiso terrestre. Siete voi i giovani, adesso, e... ma appunto siete ancora dei *picciotti* e qui si è fatto tardissimo: forse è ora che rientriate.

In effetti, era passato molto tempo, anche se non ce n'eravamo neppure accorti. Mio papà, sapendo che ero ospite del Marchese, mi aveva concesso eccezionalmente di rincasare più tardi del solito, ma Anna e Paola avevano già superato l'orario concordato per il ritorno. A me faceva piacere l'idea di restare ancora un po': mi faceva sentire anche più grande, più uomo di fronte alle mie amiche. Così le lasciai andare e rimasi in salotto mentre 'u Marchisi accompagnava alla porta Paola e Anna.

Considerando quel che successe, forse avrei fatto meglio ad accompagnarle. Un gentiluomo non lascia mai rientrare da sole le signore.

Quando il Marchese chiuse la porta alle loro spalle, Paola e Anna si avviarono con passo lento verso la salita che portava alla strada: era una bellissima serata e non avevano nessuna voglia di rientrare.

– Non è mica poi così burbero il Marchese: me l'avevate descritto come una specie di mostro... – fece Anna.

– Cosa vuoi, è così che ne parlano tutti in paese... Forse è solo un po' introverso e scontroso.

– A me sembra che di mostri, a Cala Pizzuta, ce ne siano ben altri! Pensa se davvero ci fosse in giro un maniaco che ce l'ha con...

Anna s'interruppe di colpo. Anche Paola s'irrigidì. Dai ruderi che fiancheggiavano la casa del Marchese era arrivato un rumore.

– Forse era un gatto – bisbigliò Anna.

– A me *non* è sembrato un gatto.

Si spostarono a passi felpati in una zona riparata e rimasero in ascolto. Per un bel po' non successe niente. Ma proprio mentre Anna faceva cenno a Paola che conveniva riprendere la strada, il rumore si ripeté: rumore di qualcosa che si muoveva nel buio, accompagnato da uno strano sibilo, una specie di respiro pesante che udirono però una sola volta.

La bocca di Paola si avvicinò all'orecchio di Anna: – Andiamo a vedere.

– Ma sei matta? Non ci penso nemmeno!

– E se fosse il maniaco?

– Appunto!

– Paurosa. Potremmo prenderlo con le mani nel sacco.

– Sì, se nel sacco non ci mette noi!

– Ma lui non sa che siamo qui.

– E chi te lo dice?

– Me lo dice il fatto che altrimenti ci sarebbe già venuto a prendere.

– In ogni caso non starei ad aspettarlo.

– La miglior difesa è l'attacco: andiamo a vedere.

– Ma cosa dici? La miglior difesa è la fuga. Andiamo a casa.

– Uffa! Io vado.

Paola, decisa, si avviò tra i ruderi.

– Paola! Paola! Testarda di una testarda.

Come si fa ad abbandonare un'amica in un momento così? Col cuore in gola, Anna la seguì.

L'oscurità era totale. Com'è che i poeti parlano sempre della luce delle stelle? Le stelle non illuminano un bel niente! I muri in rovina avevano reso quasi impraticabile il terreno e i rovi e i cespugli che crescevano ovunque tendevano continue trappole al passo delle due ragazze. Anna e Paola di tanto in tanto si fermavano, addossandosi a un muro, e tendevano le orecchie. Ma non colsero più tracce dell'essere misterioso di cui erano in caccia. Alcuni punti erano fiocamente illuminati dalle finestre della casa, distanti qualche metro, ma non erano sufficienti a procedere senza fatica.

Dopo qualche minuto di esplorazione, le due amiche ci avevano guadagnato solo un mucchio di graffi sulle gambe.

– Ho anche strappato il vestito: l'avevo detto, alla mamma, di non conciarmi così, ma lei, niente. Vai dal Marchese, non puoi mica mettere i jeans, no? Se mettevo i jeans, invece...

– Senti, lascia stare le recriminazioni e andiamocene.

– Va beh, ce ne andiamo. Sarà stato davvero un gatto. E per colpa di quello stupido felino io ci ho rimesso il vestito. Quando se ne accorge, mia madre mi uccide.

– Ok. Ti uccide. Ma cerchiamo di arrivarci vive da tua madre che ti deve uccidere. Andiamo.

– Andiamo, andiamo... ma già che siamo qui controlliamo anche il retro. Abbiamo fatto trenta, facciamo trentuno...

Avevano, infatti, percorso tutto il fianco della casa ed erano arrivate vicine all'angolo con il lato posteriore.

Ma in realtà non fecero in tempo a svoltare. Lui era appena dietro. Lo videro e il sangue si gelò loro nelle vene.

Il volto era pallido e deforme. Un occhio era più in basso dell'altro. Il naso grosso e storto. L'espressione sembrava ridente e perciò ancor più terrificante.

Paola davanti, Anna dietro, s'immobilizzarono. Lo guardarono. Lui le guardò. Teneva la lingua mezza fuori dalla bocca, tra le labbra tirate in un mezzo ghigno. Sembrava la lingua di un serpente velenoso. E come un serpente emise un sibilo vischioso. Lo stesso rumore che avevano sentito prima. Non era stato un gatto, appunto: era stato un uomo-serpente.

Dopo che Anna e Paola erano uscite, 'u Marchisi era tornato da me in salotto. Avevamo chiacchierato del più e del meno e poi mi aveva chiesto di loro due, che conosceva meno di me perché non erano del paese.

– Sono due tipe strane ma simpatiche, Marchese. Paola sembra matta come un cavallo, ma poi è capace di fare cose straordinarie: è coraggiosa, altruista, e sensibile... Anna, sembra sempre che sappia ciò che fa, eppure, quando meno te lo aspetti, diventa imprevedibile: per Paola, per esempio, si farebbe ammazzare. Ecco, lo sa cosa mi piace di più di loro? Che sono amiche per la pelle, ma davvero. Non ne conosco altri di ragazzi della mia età che sanno essere così tanto amici...

– Se è per questo, Antonio, anche alla mia età non è tanto facile trovare dei veri amici. Io, se mi guardo attorno, manco uno mi pare di trovarne...

Nel dire così, 'u Marchisi aveva davvero l'aria molto desolata; mi venne da rispondere: – Beh, noi siamo suoi amici.

Il Marchese restò un poco senza rispondere, con gli occhi socchiusi e un accenno di sorriso beffardo sulle labbra.

– Sei molto gentile. Chissà, magari hai ragione. Alla mia età avrei bisogno di più bambini attorno. Io non ho mai avuto figli: cosa vuoi, è andata così. Ci vorrebbero dei nipotini: ma quello scioperato di mio nipote Carmelo non ne vuole sapere di mettere la testa a posto. Sposarsi, mettere su famiglia: questo dovrebbe fare. E prendere in mano quel po' di terre che ancora mi restano e la tonnara, soprattutto la tonnara, che io ogni giorno ho meno voglia, e meno forza. E invece...

– E invece?

– Invece, non solo non si dà da fare, ma vorrebbe... vorrebbe che la vendessi. «Che li teniamo a fare questi ruderi?», mi ripete sempre. «Facciamoci un po' di soldi, che così me ne vado a stare a Londra. Lì sì che c'è la vita vera!» A Londra, capisci? Il mio bisnonno fece costruire la tonnara, anche perché la gente del paese potesse tirare a campare più facilmente: per allora era stata una grande impresa. E ora io che dovrei fare? Svendere tutto al primo speculatore che passa, perché distrugga tutto?

– Ma perché, c'è qualcuno disposto a comprare la tonnara?!

– Bleah! Anche troppo disposto... Ma lasciamo perdere, gentaglia, quella. Ciò che conta è che io non la voglio cedere: e finché ci sarò io...

– Ma... ma dopo? Voglio dire...

– Vuoi dire quando io non ci sarò più? Hai ragione. Dopo sarà davvero difficile che la tonnara si salvi. Bisognerebbe inventarsi qualcosa: qualcosa che facesse capire quanto è bello e importante per la storia siciliana questo posto. E in ogni caso ci vorrebbero soldi. Molti soldi.

– Ma in paese tutti dicono che lei è ricco: non è così?

– Non esattamente, Antonio. Sto meglio di tanti altri, certo. Ma la mia famiglia era ricca un tempo: ora non più. E di sicuro non ho abbastanza denaro per salvare la tonnara.

– È un peccato...

– Hai ragione. È davvero un peccato. Ma ora basta discorsi tristi. Si è fatto davvero tardi, ed è meglio che tu vada.

Così ci alzammo e ci dirigemmo verso l'ingresso.

– A proposito, – mormorò con aria complice 'u Marchisi – fammi un favore: non raccontate dei cannoli di stasera... Almeno una volta, alla signora Assunta, facciamole credere che me li sono mangiati tutti io...

così, per darle soddisfazione. Resterà un piccolo segreto fra noi quattro.

– D'accordo – risposi. Mi sembrava una bugia gentile, diciamo così.

Il Marchese mi strizzò l'occhio e aprì la porta. Fu proprio in quel momento che udimmo l'urlo.

Ci guardammo stupefatti. Sentimmo chiamare aiuto. Il Marchese non fece nemmeno in tempo a oltrepassare la soglia che qualcosa gli piombò addosso a rotta di collo, facendolo vacillare. Un altro colpo arrivò subito dopo e il Marchese ondeggiò all'indietro, travolgendo me che finii lungo e disteso sul pavimento.

– Aiuto! Aiuto! Aiuto. Ehm... aiuto...

Paola, che era la prima a essersi precipitata in casa scontrandosi col Marchese, si rese conto di essere al sicuro e con fare imbarazzato concluse in un sussurro la sua isterica richiesta di soccorso.

Anna, l'ultima di quella specie di tamponamento umano a catena, non sembrava essersi ripresa dallo spavento: – Un mostro! Un mostro!

– *Ma chi succiriu?!* Che succede? – esclamò 'u Marchisi.

Io, che mi ero messo a sedere, ancora un po' intontito per il capitombolo, incrociai lo sguardo di Paola.

– Il maniaco – disse lei. – C'era il maniaco, qui fuori.

Ci volle un po' per far capire al Marchese quello che era successo. A quel punto, lui se ne andò deciso in una stanza vicina e tornò con una torcia elettrica e un vecchio fucile a canne mozze, quello che qui chiamiamo *lupara* e che è diventato famoso perché è considerata l'arma tipica dei *picciotti* mafiosi.

– *Embè?* Che c'è da guardare? – commentò, uscendo. – È la lupara che usavo per andare caccia. Andiamo a vedere chi c'è là fuori. Voi state dentro e aprite solo a me.

Tornò dopo una decina di minuti.

– Qualunque cosa si aggirasse qui intorno, ora non c'è più. Possiamo dire che l'avete spaventato – annunciò rivolto ad Anna e a Paola – anche se a guardarvi poco fa si sarebbe detto il contrario...

– Beh, in effetti, ci siamo prese una bella paura – rispose Paola.

– Ma sentila adesso, quella che prima faceva tanto la *sgarzolina*!! Te l'avevo detto che facevamo una stupidaggine!

– *Sgarzolina*? A me? Non so neanche cosa vuol dire, *sgarzolina*! Ma *sgarzolina* sarai tu e *sgarzolini* i tuoi bambini!

– *Sgarzolina*, a casa mia, lo diciamo a una che fa la disinvolta e invece...

– Comunque, *sgarzolina* sarai tu!

– No, tu! Perché...

– Oh, basta adesso! – intervenne il Marchese. – *Sgarzoline* o non *sgarzoline*, non mi sembra proprio il caso che torniate a casa sole. Vi accompagno io.

Detto fatto, ci spinse fuori e, poggiandosi sulla lupara invece che sul suo fidato bastone, ci portò ciascuno davanti al portone di casa e non se ne andò prima che fossimo entrati e ci fossimo chiusi per bene l'uscio alle spalle.

6

I pezzi del puzzle

Il pomeriggio del giorno seguente avevo appuntamento con Anna e Paola fuori dall'oratorio. Ero impegnato nel primo allenamento della stagione con la mia squadra di basket. Sì, gioco a basket. A dir la verità non sono tanto bravo: sono il più piccolo e magrolino di tutti e la palla mi sembra sempre troppo pesante per mandarla da qualunque parte, figuriamoci nel canestro. L'anno scorso, in effetti, ho segnato pochissimi punti. Forse perché ho giocato pochissimi minuti nelle partite ufficiali: sono una riserva e di solito sto più in panchina che in campo. Però non me la prendo troppo: incontro gli amici, faccio il tifo, mi alleno... Magari fra qualche anno sarò più alto e tutto sarà più facile. La mamma, d'altra parte, insiste nel ricordarmi che è importante praticare un gioco di squadra, perché s'impara a collaborare con gli altri, e forse ha ragione. In ogni caso, vi sembrerà strano, ma a me la cosa che piace di più è l'odore del linoleum: delle volte resto in campo da solo a palleggiare quando tutti se ne sono andati, solo per quello.

Comunque, quel pomeriggio stavo appunto uscendo dall'oratorio, ancora accaldato per l'allenamento, quando, davanti al cancello, accostò una grossa auto blu. Io capii subito di chi si trattava e mi guardai intorno alla ricerca di un posto dove defilarmi. Ma era troppo tardi. Dall'auto scese un autista che si affrettò a spalancare la portiera posteriore: ne venne fuori, con un'aria da divo neanche si fosse trattato di una limousine, Peppuzzo. Si guardò attorno trionfante, come a dire: "Avete visto che roba?", e poi si chinò verso l'abitacolo a baciare la madre.

Tutto chiaro: l'assessore Mida aveva approfittato dell'auto di rappresentanza per scarrozzarsi il figlio agli allenamenti di pallacanestro. Eh sì, perché anche Peppuzzo gioca a basket, ma in una squadra diversa (e che evidentemente si allenava subito dopo la mia).

Mi venne incontro con l'andatura di un pistolero pronto al duello. Io, se avessi potuto, *puff*, sarei scomparso lì sul momento, lasciandolo con un palmo di naso. Invece...

– Ehi, Antoniucolo! Pronto per un'altra batosta come quella dell'anno scorso? Bella squadra di schiappe che siete! Ci vediamo in campo, ma non starmi troppo vicino, se no...

Peppuzzo è famoso perché particolarmente abile nel fare falli sull'avversario senza farsi beccare dall'arbitro: anzi, di solito riesce a far ricadere la colpa su chi ha danneggiato. Sapete che nel basket, in teoria, non si potrebbe neppure toccare un giocatore della squadra avversaria, no? Beh, Peppuzzo non è tanto d'accordo con il regolamento, e i suoi falli sono tutt'altro che leggeri.

Io, come al solito, non seppi cosa rispondere. D'altra parte, non aveva tutti i torti: l'anno passato lui e i suoi compagni ci avevano battuto sessantatré a ventidue! Una figuraccia...

Sentii che arrossivo e affrettai il passo almeno per non dargli la soddisfazione di accorgersene.

Probabilmente diventai viola, quando mi

accorsi che Anna e Paola erano già lì, e avevano assistito a tutta la scena.

– Non te la prendere. Te lo dico sempre, – mi fece Paola con una smorfia – non se lo merita proprio.

– Abbiamo buone notizie – aggiunse Anna per distrarmi. – Ma te le daremo soltanto davanti a un buon gelato.

Un gelato alla ricotta, gustoso come lo sanno fare qui, è una cosa che mette per forza di buon umore e non ci misi molto a dimenticare Peppuzzo. Anche perché Anna era sincera, e un buon gelato assieme a una buona notizia vale doppio.

Gli adulti, loro, non sempre sono sinceri. Un mucchio di volte dicono cose così, tanto per dire: lo fanno per sentirsi più importanti, o più bravi, o più intelligenti. Con i bambini, poi, dicono quello che pensano faccia loro piacere, per tenerli buoni, perché si sono spazientiti, per fare bella figura... tanto – pensano – una cosa detta a un ragazzino non è certo un impegno serio. Così fanno promesse anche se non possono, o vogliono, mantenerle. Dopo si dimenticano di averle fatte o pensano che tanto ce ne dimenticheremo noi. Ma non è così che vanno le cose. Quel che succede è che, col passare degli anni, noi impariamo che non ci si può fidare più di tanto dei grandi, e più lo capiamo più facciamo finta di avere la memoria corta: così non li mettiamo in imbarazzo e abbiamo meno delusioni.

Io, almeno, mi comporto quasi sempre così e anche nel caso di Corrado ero convinto che sarebbe andata nello stesso modo. Invece...

– Guarda qua – disse Anna appoggiando il suo cellulare sul tavolo della gelateria.

– Cosa c'è da guardare?

– È un messaggio, tonto! Leggi.

OK X VISITA FARO. VA BENE
DOPODOMANI POMERIGGIO?
PORTATE ANCHE FRATELLINO.
ASPETTO CONFERMA. CORRADO

– Fantastico! Chissà come ha fatto a ottenere il permesso? Pensate che io, che pure abito qui, non ci sono mai stato sul faro!

– Beh, ha detto che conosceva qualcuno a cui chiederlo, no?

– A me, Corrado sembra proprio uno sveglio: di persone ne deve conoscere molte.

– Col mestiere che fa, non deve essere difficile.

– Mi sembra anche sinceramente interessato al futuro di questi posti: potrebbe essere l'occasione giusta per chiedergli un parere su quello che sta succedendo alla tonnara.

– Però dovremmo saperne un po' di più. Non possiamo mica andargli a raccontare che in paese si aggira un maniaco che sibila come un serpente e che è capace di volatilizzarsi senza lasciare traccia...

– Soprattutto un maniaco che avete visto solo voi. Se l'avete visto... – dissi io.

– Se l'abbiamo visto? Come sarebbe a dire?

– Antonio! Ci hai preso per due pazze visionarie?

– Ma no! Non voglio dire questo. Non prendetevela così! Però, insomma... ammetterete che la faccenda sia un po' strana: provate a osservarla dall'esterno. Un giorno due ragazzine s'immaginano la presenza di una specie di maniaco che se la vuole prendere con la tonnara e la sera dopo dicono di averlo visto mentre si aggira intorno all'abitazione del Marchese. La suggestione può fare brutti scherzi.

– Stai forse dicendo che ci saremmo inventate tutto? – Anna mi stava fulminando con lo sguardo.

– Non esattamente, però... E poi, anche ammesso che abbiate visto davvero qualcosa, chi ci dice che fosse veramente il maniaco? Avete girato un angolo, al buio, e vi siete trovate davanti un tipo strano...

– Chiamalo strano...

– Va bene: molto strano. Ma tutto quello che ha fatto è stato farvi una specie di linguaccia. Voi ve la siete data a gambe in men che non si dica. Fine. L'avrete visto in faccia per due secondi...

– A me è bastato.

– Forse non sapreste dire neppure quanto fosse alto...

– Certo che sì – fece Paola. – Era bassotto.

– Certo che sì – disse contemporaneamente Anna. – Era piuttosto alto.

– Visto? Non siete tanto credibili.

– Avrei voluto vedere te, in quella situazione: cosa dovevamo fare? Scusi, signor Maniaco: ho giusto qui un metro, posso misurarle l'altezza?

– Ma dai. Non è questo il punto: è che tutto sembra strano.

– Insomma, non ci credi – se prima mi

stava fulminando, adesso Anna, con i suoi occhi, mi stava letteralmente incenerendo.

– Beh, ecco... – non sapevo cosa dire. Notai però che lo sguardo della mia amica si era spostato per un attimo alle mie spalle, attratto da qualcosa.

– D'accordo. Se non ci credi faresti bene a voltarti: il maniaco è dietro di te.

– E piantala. Non ci casco. È uno scherzo da bambini della prima elementare.

– Girati, tonto. E fallo senza farti notare – l'espressione di Anna non era quella di una che ha voglia di scherzare.

Mi girai piano, con l'aria di chi si guarda intorno annoiato. A Paola, seduta in posizione più favorevole, bastò inclinare leggermente il capo e sbirciare di fianco. Dall'altro lato della strada camminava, protetto da un paio di grossi occhiali scuri e con l'aria del boss del quartiere, Ciccio 'u Truce. Al suo fianco arrancava un personaggio davvero bizzarro. Dinoccolato al punto da sembrare un po' deforme, trasandato nell'abbigliamento (camicia stropicciata fuori da pantaloni troppo larghi, scarpe scalcagnate, un cappello portato di sbieco), pallido, un viso che pareva uno di quei quadri bislacchi di Picasso: un occhio su e uno giù, il naso sproporzionato, orecchie enormi, la bocca storta. Eh già: la bocca. Respirava con le labbra socchiuse, tenendo la lingua in mezzo ai denti e sibilava a ogni respiro: lo si avvertiva persino dall'altra parte della strada.

– Allora? – mi interrogò Anna con fare seccato.

– Allora... effettivamente non mi pare né alto né basso...

– Voglio vedere se avrai ancora il coraggio di non fidarti di noi.

Osservammo i due mentre si allontanavano rapidamente e nella testa di ciascuno di noi sorgevano mille domande.

Arrivò il cameriere con lo scontrino dei gelati.

– Tipi strani, eh? – esordì intuendo l'oggetto delle nostre attenzioni.

– Soprattutto uno...

– Immagino non vi riferiate a Ciccio. L'altro, negli ultimi giorni, gli sta sempre intorno. Dicono gli faccia un po' da aiutante e che abbiano qualche affare insieme. Lo chiamano... lo chiamano... ah, ecco! Santuzzo 'u Jurnataru.

– 'U Jurnataru?

– Sì, 'u Jurnataru: che lavora alla giornata. Non si sa bene da dove venga, ma lavorava alla giornata, appunto, raccogliendo pomodori nei campi qui vicino. Chissà come ha fatto a non abbronzarsi: deve proprio odiare il sole. In ogni caso, è un mestieraccio. Si vede che Ciccio gli ha offerto di meglio... beh, sono sei euro.

Pagammo, ma restammo seduti al tavolino. C'erano molte cose su cui riflettere.

– Bene: intanto sappiamo chi è il nostro *maniaco*.

– E sappiamo che è intrallazzato con Ciccio 'u Truce.

– Il che non ci dice molto.

– Non è vero! – esclamai io. – Non ci avevo più pensato, ma adesso mi torna in mente una cosa che mi ha raccontato Mohamed. La sera stessa del naufragio Ciccio è andato dal Marchese.

– E allora? Può esserci andato per mille motivi.

– Mah... non proprio. Non è che due tipi come 'u Marchisi e 'u Truce c'entrino molto l'uno con l'altro. E poi Ciccio ha che fare con il Marchese, Santuzzo 'u Jurnataru ha a che fare con Ciccio, Santuzzo si aggira misteriosamente attorno all'abitazione del Marchese. Il cerchio si chiude.

– Ok. Ma cosa c'è dentro al cerchio?

Non era facile rispondere.

– Secondo me, c'è la tonnara.

– In effetti ha senso. Prima l'esplosione. Poi l'affondamento misterioso della barca del Marchese...

– ...e il Marchese mi ha lasciato intendere – aggiunsi – che qualcuno vorrebbe che lui cedesse la tonnara: se ho ben capito, si tratta di qualcuno di poco raccomandabile.

– Tutto bene: ma che se ne farebbe Ciccio 'u Truce della tonnara?

– Potrebbe non essere lui il possibile acquirente... Lo sanno tutti che, se c'è da costringere qualcuno a fare qualcosa, i mafiosi come Ciccio non si tirano indietro.

– Cioè, Ciccio lavorerebbe per qualcuno che non vuole mostrarsi alla luce del sole...

– Beh, quanto a non mostrarsi alla luce del sole, c'è già quel Santuzzo...

– ...che se davvero è il braccio destro di Ciccio, potrebbe essere stato mandato a spiare 'u Marchisi, o a compiere qualche altra bravata per spaventarlo...

– ...e la nostra comparsa potrebbe averlo costretto a lasciar perdere.

– Fermiamoci un momento: è inutile che continuiamo a fare ipotesi che non potremo mai dimostrare. Se il nostro ragionamento è giusto, dobbiamo capire chi c'è dietro a 'u Truce. Qualche idea?

– Ci vorrebbe qualcuno che ne sapesse di più. Qualcuno da far parlare.

– Bella forza. Sai che da queste parti, se anche uno sa qualcosa, se la tiene per sé.

– Bisognerebbe trovare un modo per farlo cantare – conclusi io.

– In sostanza dovremmo tirar fuori informazioni su qualcosa che non sappiamo da qualcuno che non sappiamo chi è: geniale! – mi prese in giro Paola.

Il fatto è che io avevo un'idea sul chi e sul come. Un'idea strampalata, certo: ma un'idea strampalata è sempre meglio di niente e vale la pena di seguirla. Specialmente se, quantomeno, ne puoi trarre una piccola, onesta vendetta.

Il giorno dopo, alle tre del pomeriggio, sotto un sole cocente, stavo palleggiando nel campo da basket all'aperto dell'oratorio: mi venne in mente quel famoso modo di dire per cui la vendetta è un piatto che si consuma freddo. Lì l'aria era così afosa da parermi irrespirabile, e il cemento scottava. Altro che piatto freddo: forse la mia idea era un po' troppo strampalata.

Mi ero lasciato con Paola e Anna prima di pranzo: – Allora, siamo d'accordo?

– Tranquillo: dopo le tre al campo di basket.

– Ma come fate a essere sicure di portare Peppuzzo?

Mi avevano guardato tutte e due con un sorrisetto furbo sotto i baffi.

– Tu non ti preoccupare. Sappiamo noi come fare a prendere per il naso un maschietto: specie se è un tonto come Peppuzzo.

Sapevo che la squadra di Peppuzzo aveva un allenamento alle cinque, sul campo bello, quello in linoleum, al coperto (e all'ombra!). Sapevamo anche che tutti i giorni Peppuzzo usciva di casa verso le tre e se ne andava in un certo bar da quelle parti a giocare a flipper con i suoi amici. Si trattava di convincerlo ad arrivare all'oratorio un po' prima. Chissà se ce l'avrebbero fatta, pensavo asciugandomi il sudore.

Proprio in quel momento li vidi arrivare. Paola aveva messo una gonnellina corta che faceva risaltare le sue lunghe gambe. Anna portava un vestitino bianco che spiccava sulla pelle abbronzantissima. Caspita: non ci avevo mai fatto caso che fossero così carine le mie amiche! Camminavano a fianco di Peppuzzo, tenendolo nel mezzo e parlandogli fitto fitto. Quanto a Peppuzzo... beh, il solito Peppuzzo, cos'altro posso dire?

Mi rimisi a far rimbalzare il pallone sul tabellone, facendo finta di niente.

– Ma allora le due *bbambule* avevano ragione quando mi hanno detto che eri qui ad allenarti tutto solo!

Mi voltai: Peppuzzo stava dietro di me, gambe larghe e mani sui fianchi, spavaldo.

– Una bella partita uno contro uno con Antoniucolo non me la posso perdere, mi sono detto. Ci stai, vero?

Feci un certo sforzo per rispondere, ma mi ero preparato: – Va bene. C'è sempre da imparare a giocare contro quelli più forti.

– Hai proprio ragione – replicò Peppuzzo, e con un colpo mi fece schizzare via il pallone di mano, se ne impossessò in due balzi e lo mandò a infilarsi nel canestro. Sarebbe stata dura: ma io sapevo che in realtà la mia sfida con lui non era a basket.

Giocammo una buona mezz'ora. Anna e Paola erano andate ad appollaiarsi su una ringhiera a lato del campo, in un angolo ombroso da dove sembravano seguire le azioni con estremo interesse, esibendosi in gridolini, incitamenti e applausi a ogni canestro di Peppuzzo. Per me nessun applauso... Sul trentotto a zero per Peppuzzo, fradici e ansimanti, la facemmo finita.

– Antoniucolo, non c'è neanche gusto. Sei la schiappa più grande che abbia mai visto. Dovresti lasciare il basket e darti al nuoto sincronizzato. Ah! Ah!

Anche Paola e Anna risero. Io feci un sorriso stiracchiato.

– Beh, veramente anch'io stavo per fare

un canestro, prima. Se il pallone non fosse rimbalzato sul cerchio...

– E piantala! Si vede lontano un chilometro che Peppuzzo è più forte! – esclamò Anna tirando fuori dalla borsa un piccolo asciugamano e porgendolo al mio avversario. – L'avevo portato per te, però... qui l'unico che ha corso per qualcosa è Peppuzzo... trentotto punti!

– Ma chi ti ha insegnato a giocare così bene? – s'inserì Paola, sistemandosi la minigonna e avvicinandosi a Peppuzzo.

– Oh, non mi ha insegnato nessuno – rispose lui, molleggiandosi sulle gambe come un atleta dopo una grande performance. – Mi viene naturale.

– Ma allora hai proprio una vocazione! Così, da grande, potrai fare il giocatore di basket...

– Oh, no: da grande farò il deputato! Andrò a Roma, guadagnerò un mucchio di soldi e comanderò a tutti.

– E cosa occorre per diventare deputato?

– Bisogna conoscere un mucchio di persone, sapere un po' tutto di tutti e lasciar credere che si agisce sempre nell'interesse degli altri.

– E tu come lo sai?

– Oh, lo ripete sempre la mia mamma: conoscere persone, sapere cose, mostrarsi disinteressati... è facile.

– Ecco perché tu sai sempre tutto... – feci io.

– Sei proprio fortunato: anche a me piacerebbe conoscere le faccende più segrete di chi mi sta attorno... – fece Paola.

– Vero. A me, per esempio, piacerebbe tanto sapere che fine farà la tonnara: tutti ne parlano... – fece Anna recuperando l'asciugamano, dopo averlo passato, con apparente cura, sulla fronte di Peppuzzo.

Lui le sorrise: – Ve l'ho detto. La tonnara l'anno prossimo non ci sarà più.

– Non ci credo. Te lo stai inventando – lo provocai io.

– Vuoi dire che sto mentendo, Antoniucolo? L'ho sentito dire da Ciccio 'u Truce alla mia mamma, una sera che era a casa mia. «Stia tranquilla», ha detto, «vedrà che il vecchio vende: si fidi di me». Così, ha detto.

– L'ha detto davanti a te? Figuriamoci...

– Non l'ha detto davanti a me, ma l'ho sentito.

– L'hai sentito?

– Ho origliato.

– Hai origliato?! Ma che farabut...

– Come?

– Niente! Anna diceva «Ma che *furbo*». Davvero, sei proprio furbo.

Paola aveva rifilato, di nascosto, una gomitata nelle costole ad Anna, impedendole di tradirsi. Ne approfittai per continuare a tendere la nostra rete.

– Secondo me, ci stai prendendo in giro. Che ci faceva Ciccio a casa vostra?

– Vedi che sei proprio tonto, Antoniucolo? Spesso Ciccio lavora come guardia del corpo per la mamma, non è un segreto.

– Guardia del corpo?

– Certo, cosa c'è da stupirsi? Non lo sai che nelle occasioni pubbliche, per esempio durante i comizi, le persone importanti (come i politici) hanno bisogno delle guardie del corpo? Qualcuno che intervenga se hanno a che fare con dei malintenzionati o con qualcuno che li contesta in maniera troppo violenta.

– Ma quello è un mafioso... ARGH!

– Come?

– Niente. Anna diceva che qui è proprio *afoso*. Spostiamoci all'ombra. Vieni qui, Peppuzzo. Siediti anche tu. Sai, non ti nascondo che un po' mi dispiacerà se la tonnara non ci sarà più. Magari c'è qualche speranza...

– Mah... non credo. La mamma ha detto a Ciccio che «anche con il gran capo è tutto a posto» proprio così ha detto, me lo ricordo bene.

– Il gran capo?

– Sì, sarà qualche pezzo grosso...

– E smettila di raccontar storie! La tua mamma è solo un assessore: figurati se frequenta i pezzi grossi!

– Antoniucolo! Non ti spezzo le ossa solo perché qua ci sono le tue amiche. Prova ancora una volta a contraddirmi e ti annodo le orecchie dietro al collo. La mia mamma è una persona importantissima e vedrai che fra qualche anno sarà deputato pure lei. Di pezzi grossi ne conosce un mucchio, perfino gente del governo.

– Quindi il "gran capo" sarà uno di Roma?

– Se è per questo la mia mamma conosce un mucchio di pezzi grossi anche qui.

– Davvero? È proprio un bel mestiere quello dell'assessore.

– Certo! Pensa che spesso, la sera, la mamma esce per vedere qualche importantissima personalità della zona. E la cosa è talmente importante che non dice neppure a me chi è. «Stasera ho una riunione con un pezzo grosso: è una cosa segretissima. Non lo dire a nessuno. Mi spiace, rientrerò tardi.» Dice sempre così. A me, invece, non dispiace per niente. Papà lavora fuori tutta la settimana e torna a casa solamente la domenica, così resto da solo e posso fare tutto quello che mi pare: guardo la TV fino a tardi, prendo dal frigo quel che mi pare, mi ascolto i dischi di papà a volume altissimo, qualche volta invito gli amici... un vero sballo! Potreste venire anche voi due qualche volta.

Ovviamente le *due* erano Paola e Anna: io non ero contemplato nei piani da sballo di Peppuzzo.

Io e le mie amiche ci guardammo: avevamo saputo abbastanza e negli occhi di Paola e Anna leggevo chiaramente che era ora di andarcene.

– Ehi, Anna, si è fatto tardissimo. Abbiamo quell'appuntamento, ricordi? – disse Paola saltando giù dalla ringhiera.

– Vi accompagno – mi affrettai ad aggiungere.

– Perché non vi fermate? –. Peppuzzo non mollava l'osso, tornando ad atteggiarsi a grande atleta, come prima. – Tra poco ho gli allenamenti con la mia squadra. Mi sento che farò un mucchio di canestri!

– Canestri? – fece Paola ad Anna, senza nemmeno guardare Peppuzzo. – A dir la verità, mi sembra che la pallacanestro non mi piaccia proprio: neanche un po'. E a te?

– Per niente. Tutta quella fatica per buttare una palla dentro un canestro, e poi, tanto, tutte le volte ricade giù e devi ricominciare da capo. Che senso ha?

– Basterebbe cucire il fondo della retina.

– Appunto, così una volta che la palla è entrata, ci resta e non ci si pensa più.

– Appunto.

– Appunto.

– Per non dire, poi, che non si capisce perché non li abbassino, i canestri. Si farebbe un mucchio di fatica in meno e un mucchio di punti in più.

– Giusto.

– Giusto.

– Direi che mi pare un po' uno sport per tonti.

– Sì, uno sport per tonti. Meglio il nuoto sincronizzato.

– Decisamente.

– Decisamente.

Ce ne andammo, lasciando lì Peppuzzo, come un baccalà.

– Valle a capire le donne – lo sentii mormorare.

Per un attimo, con un pizzico di solidarietà, pensai che non aveva tutti i torti: quelle due non gli avevano fatto capire proprio niente.

Noi, non ero sicuro che avessimo capito molto di più, ma vedendolo là, piantato come un piolo nel mezzo del campo di cemento cocente, con la bocca aperta e le braccia lungo i fianchi, pensai che anche

solo per assistere a uno spettacolo del genere era valsa la pena di mettere in piedi tutta quella scena.

L'appuntamento con Corrado era per il giorno successivo, verso le sette del pomeriggio, al cancello d'accesso all'area del faro che, in quanto zona militare, era completamente recintato.

Avevamo trascorso l'intera giornata al Lido. Splendido: ormai la stagione turistica era agli sgoccioli e in più eravamo nel mezzo della settimana, così non si era vista neppure l'ombra di un bagnante. Con la tonnara completamente deserta, Mohamed era stato davvero gentile e ci aveva aperto un ombrellone e tre lettini.

– Oggi nessuno. Neanche 'u Marchisi. Andato via presto. Torna tardi. Fate quello che volete.

E noi avevamo fatto quel che volevamo: cioè ci eravamo messi a discutere delle nostre scoperte recenti. Avevamo anche cercato di raccontare tutto a Mohamed, ma quando lui aveva capito di cosa si trattava non c'era stato verso di coinvolgerlo. Si era allontanato con la scusa di certi lavori da fare e si era rifiutato di darci retta.

Per la verità, a un certo punto, mentre parlavamo, ci eravamo accorti che Mohamed era scivolato silenziosamente alle nostre spalle e stava lì, accovacciato sui talloni, ad ascoltarci, chissà da quanto tempo. Ma quando ce n'eravamo resi conto, lui si era defilato senza dire una parola. Un comportamento ben strano: al punto che qualcuno di noi aveva persino avanzato l'ipotesi che pure lui potesse avere un ruolo nella vicenda.

In effetti, era responsabile della caldaia e quella era esplosa; poteva accedere agevolmente alla barca del Marchese, e quella era affondata; per sua stessa ammissione aveva incontrato Ciccio 'u Truce la sera che era stato alla tonnara; nelle condizioni in cui si trovava, poi, non si può negare che fosse facilmente ricattabile o corrompibile. E adesso quel modo di fare così sospetto...

In ogni caso, va detto che non fu quella l'unica ipotesi strampalata che ci venne in mente. Le pensammo un po' tutte, ma senza cavarne un ragno dal buco.

Ecco perché, nell'attesa dell'arrivo di Corrado, appena mio fratello si era allontanato un po' a giocare, avevamo ripreso la discussione: a voce bassa, per non farci sentire.

– Insomma, tanta fatica per nulla. Non è che ne sappiamo molto più di prima.

– Beh, non è del tutto vero. Proviamo a riassumere. Intanto, per quel che serve, sappiamo come faceva Peppuzzo a essere al corrente delle faccende della tonnara. Grazie alle rivelazioni che Ciccio ha fatto alla mamma di Peppuzzo, possiamo immaginare che Ciccio stia *lavorando,* diciamo così, per spingere il Marchese a cedere. Sicuramente ha qualcuno alle spalle che lo paga, e anche abbastanza bene, perché si è potuto permettere il lusso di cercarsi un aiutante.

– D'accordo, però non sappiamo chi sia questo qualcuno.

– Vero. Ma sappiamo che il gioco deve essere abbastanza importante da coinvolgere qualche pezzo grosso, probabilmente un politico.

– Ma anche in questo caso non sappiamo chi sia.

– Vero pure questo. Ma abbiamo una pista da seguire: ne conosciamo i due estremi, senza sapere cosa ci sia in mezzo. A un estremo c'è Ciccio che fa esplodere la caldaia, sabota la barca del Marchese, probabilmente va a minacciarlo, quantomeno lo fa controllare dal suo amico 'u Jurnataru; all'altro estremo c'è un importante politico che è al corrente di tutto e non fa niente per impedirlo, anzi.

– Capisco. Basterebbe riuscire a unire i due punti e la linea che tracceremmo dovrebbe passare per il mandante di Ciccio 'u Truce.

– Appunto.

– Hai detto niente – concluse Paola. – Io non sono neanche brava in geometria... come la tiriamo questa linea?

Non avrei saputo cosa rispondere, ma per fortuna la domanda restò sospesa perché dalla strada si sentì il rumore di una moto che si avvicinava.

Il pilota era Corrado, la moto era un piccolo scooter e il rumore non era un rumore normale. Non per niente mio fratello accolse il nuovo arrivato con una delle sue trovate: – Ma quella moto non fa rumore... fa silenzio!

– Ciao a tutti! – disse Corrado sfilandosi il casco e sorridendo al suo piccolo interlocutore. – Hai ragione. Infatti, ha un motore elettrico. Non inquina e appunto non fa quasi rumore. Non ha molta autonomia, ma per i miei spostamenti nei dintorni, basta e avanza. E poi, non si può essere ecologisti solo a parole! Qualcosa bisogna fare, e vedrete che un giorno, se gli uomini metteranno la testa a posto, non useremo più il petrolio, come fonte di energia. Lo sapevate che, solo a volerlo, ci sarebbero già diversi tipi di motori alternativi pronti a essere prodotti?

– Ma dai!

– Non ci credete? Beh, questa è la dimostrazione – e diede un'affettuosa pacca sul serbatoio del suo scooter. – In ogni caso, non siamo qui per una lezione di ecologia applicata. Tu devi essere il fratello di Antonio, vero?

– Si chiama Giona – intervenni io. – Ma è un nome strano e tutti lo chiamano Giò. È lui l'appassionato di fari: non sta più nella pelle. Andiamo?

– Non subito, purtroppo. Dobbiamo aspettare che arrivi il custode. Mi ha dato appuntamento qui. Ci vorrà solo qualche minuto.

Corrado legò il motorino alla cancellata, poco distante. Giò gli si avvicinò. Scrutava il motorino da tutti i lati: probabilmente si stava chiedendo da dove arrivasse l'elettricità.

Noi tornammo a sederci sul muretto vicino al cancello.

– Allora? Novità? – accennò Corrado.

La voglia di parlarne con qualcuno era tale che, come potete immaginare, non ci volle molto perché finissimo per metterlo al corrente delle nostre scoperte e delle nostre supposizioni.

– In effetti, avete ragione: stanno succedendo parecchie cose strane. Ma, ammesso che quelli che avete raccolto siano tutti pezzi di uno stesso puzzle, vi confesso che non saprei proprio come ricomporli. Non è che state lavorando un po' di fantasia? Ah, ecco il custode.

Mi aspettavo di trovarmi davanti un soldato in uniforme, austero e autoritario, e invece da un'utilitaria scese un signore vestito normalmente, che si mostrò molto affabile. Strinse la mano a Corrado e subito si rivolse a noi: – Allora siete pronti per la visita? Guardate che è una cosa che non consentiamo di fare, normalmente. Dovete ringraziare il vostro amico Corrado. Mi ha detto che qualcuno di voi è particolarmente appassionato di fari... sei tu, *picciriddu*? Guarda: arriveremo fino lassù – e indicò la cima del faro. – Non hai paura di andarci?

– No – rispose Giò deciso. – Lui è il mio amico faro. Non mi fa paura.

– Il tuo amico faro?

– Sì – spiegai io. – Mio fratello, già da quando era piccolissimo, ha deciso che questo non era un normale faro, ma "il suo amico faro". Lo chiama sempre così; dice che quando la sua luce arriva fino a casa nostra è perché "il suo amico faro" lo sta salutando, s'inventa un mucchio di storie in cui lui e "il suo amico faro" vivono delle avventure insieme... insomma cose così. E pensate che è la prima volta che lo viene a visitare.

– Motivo in più per non farlo aspettare. Andiamo.

Ci avviammo, e intanto il custode ci spiegò come funzionava, quanto lontano arrivava il suo fascio di luce, quanto personale ci lavorava e un sacco di altre cose. Alla fine prendemmo la lunghissima scalinata (sempre più stretta, sempre più ripida) che portava alla piccola balconata che correva circolarmente sulla cima.

Arrivammo tutti col fiatone, tranne Giò che pareva salire senza fatica, trasportato da qualche forza misteriosa. Ma se ancora non fossero bastati tutti quegli scalini, ci pensò la vista che si godeva da lì a lasciarci definitivamente senza fiato.

La luce radente del sole che stava per calare aveva reso tutto il panorama immobile e dolcissimo: se non fosse stato per qualche rara rondine che passava stridendo si sarebbe detto che un incantesimo avesse fermato ogni cosa. Tutto pareva minuscolo: gli alberi, le strade, le case. Sembrava un plastico. Mancava solo il trenino elettrico. Ma le parole fanno fatica a descrivere quel che vedevo e quel che provavo.

Ancora una volta ci riuscì meglio Giò, con la sua spontanea ingenuità. Era tenuto per mano da un lato da Corrado e dall'altro dal custode: Corrado, in particolare, non lo voleva mollare, preoccupato per la sua incolumità.

– Stai attentissimo a non cadere. Lo sai che è pericoloso?

– Sì, lo so.

– Siamo sicuri?

– Sì, guarda –. Giò spalancò la bocca, indicando a Corrado i suoi due incisivi superiori, mancanti.

– Cosa devo guardare?

– I miei dentini.

– Ma non ci sono.

– Eh. Li ho rotti.
– Cosa?
– Li ho rotti cadendo dal letto a castello.
– E allora? –. Corrado non capiva.
– Sono caduto dal letto perché ho cercato di volare. Come Peter Pan. Ma ho imparato che solo Peter Pan vola, perché vive in una fiaba e se uno cade, ma non vive in una fiaba, si fa molto di male.
– E noi non viviamo in una fiaba?
– No, me lo dice sempre la mamma. Anche se adesso mi sembra che ci sto, in una fiaba. Guarda che bravo il mio amico faro. Ci fa vedere tutto come se volassimo. Se guardi giù sembra tutto un puzzle di quelli che ci gioco a casa, con tutti i pezzi incastrati insieme.

La descrizione era la più azzeccata che si potesse fare. Perché qui in Sicilia, quasi tutti i terreni sono delimitati da bassi muretti di sassi, che si chiamano “muri a secco”, e che adesso, visti dall’alto, disegnavano il perimetro di tante tessere di un mosaico attaccate perfettamente l’una all’altra. E dove non c’erano i muretti a secco, c’erano i muri di cinta delle villette o i recinti delle masserie a produrre lo stesso effetto. Così, li si poteva riconoscere benissimo, uno a uno, i campi coltivati, i terreni abbandonati, i possedimenti delle ville, i rari spazi ancora riservati agli animali da cortile... Era molto divertente guardarli da quel nuovo e inaspettato punto di vista.

Anche la tonnara si distingueva nitidamente, con il molo del Lido, il gommone di Mohamed attraccato, le pile dei lettini colorati accatastati, le tende bianche del ristorante. Pure in questo caso tutto aveva l'aspetto di un gioco e non si sarebbe proprio detto che potesse nascondere un mare di intrighi e minacce come quello che ci stavamo immaginando. Forse Corrado aveva ragione: ci stavamo inventando tutto.

Intanto, si era fatto quasi buio e ricominciammo a scendere. Successe però che Giò non volle dare la mano a nessuno se non a me. Stringeva forte, mentre di solito cercava sempre di sfuggirmi, e aveva la faccia rossa, tutta felice. Stranamente non mi mollò più fino a casa e, appena prima di entrare, mi guardò da sotto in su e mi disse una cosa che mi lasciò secco: – Ti voglio bene. Ti voglio bene tanto come due oceani.

Ha un modo strano di misurare le cose, mio fratello piccolo.

7

Pagghiazzu cu sinni pènti!

IL MOLO DI CALA PIZZUTA è una striscia di cemento che s'inoltra nel mare per una cinquantina di metri, poi svolta a sinistra e prosegue per un'altra cinquantina di metri, così da creare una protezione per le barche (poche quelle dei pescatori ancora in circolazione, più numerose quelle dei turisti, soprattutto d'estate) in cerca di un approdo sicuro. Sul lato esposto al mare aperto il molo è rafforzato da grandi massi scaricati lì per fare da frangiflutti quando si alzano le mareggiate, e all'estremità finale c'è un'enorme lanterna che di notte lampeggia periodicamente per indicare l'ingresso ai marinai ritardatari: «un po' come il mio amico faro», aveva commentato una volta Giò.

Proprio lì, al punto estremo del molo, si

dice ci sia il posto migliore del paese per pescare: per pescare con le canne da pesca, intendo dire, senza avventurarsi per mare. Io ci sono andato tante volte e, a dire la verità, non mi ricordo mai di pesche memorabili. Guardando giù, in acqua, si vedono banchi fitti di pesciolini, ma di solito sono talmente piccoli che se anche abboccassero tutti non si farebbe un gran bottino. Io spero sempre in una preda fuori dal comune, qualcosa di grosso insomma. Ma non succede mai. Tuttavia mi piace starmene lì, tranquillo, ad aspettare lo strattone alla lenza, e sono diventato piuttosto bravo.

Con Paola e Anna abbiamo ripetuto la gara fatta sul gozzo di Corrado: vince chi prende più pesci. Li mettiamo ciascuno in un proprio secchiello pieno d'acqua e alla fine li contiamo. Però poi li ributtiamo in mare. Io sono particolarmente abile a staccarli dall'amo quasi senza ferirli, così sono sicuro che sopravvivono. Che senso avrebbe farli morire, così, senza neppure uno scopo?

– Che buffo, – aveva commentato quel pomeriggio Anna – è esattamente il contrario di quello che è successo in barca con il

Marchese. Lui lascia libere le prede troppo grandi, noi quelle troppo piccole.

– Hai ragione, ma faresti meglio a parlare di meno e stare più attenta a quel che fai: stai perdendo anche questa volta – replicai io, dando un'occhiata al suo secchiello, dove nuotavano tre sparuti pesciolini.

– E piantala: lo sai che la pesca non è il mio forte.

– Non c'è dubbio, ma non ci provi neanche. Devi restare concentrata, per essere pronta al momento giusto. Te l'ho spiegato mille volte. I pesci sono talmente piccoli e veloci che possono sbafarsi tutta l'esca a minuscoli bocconi senza inghiottire l'amo. Sei tu che, appena senti le vibrazioni del pesce che abbocca, dovresti dare un colpo secco e deciso per catturalo. Se non lo fai... *si squaggia*!

– Scusa?!

– *Si squaggia*... si squaglia, taglia la corda!

– Sai che forse hai detto una cosa furba? – intervenne Paola.

– Certo. Guarda quanti pesci ho già preso!

– Non intendevo questo. Intendevo che forse hai detto una cosa utile alle nostre indagini.

– Cosa vuoi dire?

– Che forse dobbiamo fare qualcosa di simile per la tonnara: buttare un'esca, e dare lo strattone al momento giusto, visto che, tanto per restare in argomento, non sappiamo che pesci pigliare.

Che non sapessimo che pesci pigliare era vero: eravamo a un punto morto. Sapevamo qualcosa di più sulla faccenda della tonnara, d'accordo. Ma era inutile negarlo: non ci stavamo capendo niente.

– Va beh, ma che esca buttiamo?

– Potremmo pedinare l'assessore Mida e scoprire chi è il misterioso *pezzo grosso* che incontra tanto spesso – proposi io.

– E come facciamo a sapere quando e dove lo incontra? Non possiamo pedinarla per tutto il giorno!

– Io una mezza idea ce l'avrei... – sogghignò Paola.

– Mi sa che dovrò rispolverare il mio vestitino bianco e sacrificare il mio numero di cellulare... – ammiccò Anna.

– E io dovrò stirare la mia minigonna... – scoppiò a ridere Paola.

Mi pareva di capire che Peppuzzo tornava in scena. La cosa non mi faceva piacere: ma se serviva a fare abboccare una grossa preda...

Anna e Paola buttarono la loro esca la sera stessa. E Peppuzzo, c'era da aspettarselo, abboccò.

Lo accalappiarono fuori dal solito bar, in compagnia dei suoi soliti amici. Le mie due amiche, sedute su una panchina dall'altra parte della strada, avevano richiamato l'attenzione della loro preda con la più classica delle esche: il gridolino femminile estasiato.

– Iuh-uh! Peppuzzo! Iuh-uh!

Peppuzzo era uscito dal suo branco un po' imbarazzato, come se la compagnia delle ragazze sminuisse la sua fama di *macho*.

– Ciao. Cosa c'è?

– Come cosa c'è? Quando ci inviti a una delle tue feste?

– Feste?

– Sì, le serate che organizzi quando tua mamma è fuori.

– Ma, veramente... mi era sembrato di capire che... che non vi interessava...

– Ma no! Cosa dici! Certo che ci interessa.

– Pensate che io mi ero proprio convinto che non...

– Beh, se non vuoi invitarci, è un altro discorso.

– No, no: mi fa piacere se venite.

– Allora, quando?

– Non lo so ancora: devo aspettare di avere la casa libera.

– Tieni. Questo è il numero del mio telefonino. Vedi quanto ci tengo? Te lo avevo già preparato scritto su un foglietto. Chiamami appena decidi, e noi arriviamo.

– Ok. D'accordo.

– D'accordo. Adesso vai. Vai, che i tuoi amici ti aspettano.

– Perché non vi fermate con noi?

– Oh, no. Figurati, non disturberemmo mai una delle vostre uscite fra maschi! Anzi, è meglio se ce ne andiamo. Ciao. Aspettiamo la tua chiamata!

Peppuzzo, ancora una volta, restò lì come uno stoccafisso. Riattraversò la strada, rigirandosi tra le mani il foglietto che gli aveva dato Anna, voltandosi di tanto in tanto a guardare le due ragazze che se ne andavano a braccetto. Loro no: non si voltarono mai. E anche quando si erano allontanate, le si sentiva distintamente ridacchiare fra loro.

«Ma cosa avranno mai da ridere?» si domandò Peppuzzo.

Io, che avevo assistito a tutta la scena

nascosto dietro una fitta siepe di oleandri, lo sapevo cosa avevano da ridere.

– Certo che è proprio tonto.

– Peppuzzo? Più che tonto: ha il cervello di un tapiro addormentato.

– Sarà, ma se vi mettete così carine, non bisogna essere un tapiro per credere a tutto quello che dite.

Anna e Paola si guardarono, aggrottando entrambe le sopracciglia.

– Ma Anna, secondo te, Antonio ci sta facendo la corte?

– Direi proprio di sì: ci sta facendo la corte.

Se devo essere sincero, io avevo parlato senza pensare. Però, a dire la verità, fin da quando stavo nascosto dietro gli oleandri, sentivo delle strane punture di gelosia al pensiero che le mie due amiche si erano fatte belle per Peppuzzo: anche se era solo per farlo cadere nella nostra trappola.

Com'è, come non è, diventai tutto rosso (non mi serve lo specchio per accorgermene: mi sento diventare bollenti le orecchie, e quello è il segnale che la mia faccia è già diventata un lampione), e cercai di cambiare discorso, mentre Anna e Paola sembravano trovare la situazione molto divertente e ridevano della grossa.

Ci eravamo dati appuntamento a un tavolo della gelateria e adesso tutti gli altri clienti guardavano nella nostra direzione, attratti da quelle due che si scompisciavano dalle risate.

– Ci fa la corte! Ma ti rendi conto?

– Antonio, ma facci il piacere!

– Volevo solo dire una cosa gentile, piantatela. Piuttosto, adesso che si fa?

– Adesso – rispose Paola, asciugandosi gli occhi che lacrimavano per le risate – si aspetta.

– Va bene, si aspetta. Ma dobbiamo anche pensare a un piano d'azione.

– Non è complicato: quando Peppuzzo chiama, ci appostiamo fuori casa sua e, appena l'assessore Mida esce, la pediniamo.

– E se esce in macchina? Difficile che se ne vada a un incontro segreto a piedi.

– Se esce in macchina, bisogna riuscire a seguirla lo stesso. Useremo le biciclette.

– Le biciclette?! – esclamarono in coro, perplesse, Paola e Anna.

– Avete idee migliori? Non possiamo guidare un'automobile, né una moto, ma abbiamo tre mountain bike e siamo bravissimi a usarle. Conosciamo questa zona come le nostre tasche. Con un po' di fortuna, ce la possiamo fare.

– Magari hai ragione, ma dipende da dove andrà...

– Infatti. Se prende la superstrada, siamo tagliati fuori, ma se resta in zona...

– ...se resta in zona, l'unica strada dove può viaggiare veloce è quella che esce dal paese e costeggia il mare...

– Sì, però è breve, arriva solo fino alla frazione di Portovecchio, e la si controlla benissimo dall'alto, dal monastero di Santa Lucia. Noi, lì, ci possiamo arrivare in un attimo, attraverso il sentiero che taglia la collina. Se potessimo avere ciascuno un telefono cellulare, potremmo dislocarci in tre diversi punti strategici e tenere d'occhio gli spostamenti dell'assessore.

– Quando chiedo a miei genitori di restare fuori un po' più del solito, mi prestano il loro telefono, per sentirsi più tranquilli. Potrei far così.

– Anche i miei fanno la stessa cosa...

– Comunque, non sarà semplice...

– Ma le cose difficili non ci spaventano! Tutti per uno? –. Sarà che sono il più bravo dei tre con la bici, sarà che volevo rifarmi delle prese in giro di poco prima, ma non mi ero mai sentito tanto determinato.

– Tutti per uno... – accennò Paola stendendo la mano sulla mia.

– ...uno per tutti! – concluse Anna aggiungendo la propria sopra le altre due.

– *Pagghiazzu cu sinni pènti!* – esclamai io.

– Pagghia... che? Cos'hai detto? – fece Anna.

– *Pagghiazzu cu sinni pènti*. Pagliaccio chi se ne pente, buffone chi si tira indietro... È un modo di dire siciliano; equivale un po' a "uno per tutti, tutti per uno"; è come dire: ormai siamo tutti sulla stessa barca e nessuno si azzardi a scendere.

– Insomma, com'è, come non è, qui finiamo sempre in barca.

E se quando si parla del diavolo ne spunta la coda, quando si parla di barca, in questa storia, spunta sempre Corrado.

– Ragazzi, che piacere vedervi! Stavo cercando proprio voi –. Corrado esaurì i convenevoli mentre si sfilava il casco e scendeva dal suo scooter elettrico. – Ho una cosa da raccontarv... Ehi, ma come siamo eleganti! È un'occasione particolare?

Questa volta furono Anna e Paola a farsi rosse come peperoni.

– No. Beh. Veramente... –. E raccontarono del nostro piano e della trappola tesa a Peppuzzo.

– Se devo essere sincero, – disse Corrado mentre si gustava con evidente piacere una granita di gelsi – non mi sembra un'idea geniale. Vi ricordo che non è esattamente una cosa lecita pedinare le persone a loro insaputa. Per di più, ero proprio passato per raccontarvi che ci sono novità in merito all'esplosione alla tonnara.

– Che novità?

– Beh, sapete che lavoro in tribunale, no? Spesso chiacchiero con altri avvocati, con i giudici eccetera... Così, sono venuto a conoscenza di certe indiscrezioni circa le indagini che la polizia sta svolgendo sull'esplosione. Qualche volta può non sembrare, ma alla fine i poliziotti si danno da fare. Insomma, si sarebbero scoperti degli indizi a carico di un paio di gruppi di ambientalisti fondamentalisti.

– Ambientalisti cosa?

– Ambientalisti fondamentalisti, radicali, estremisti, chiamateli un po' come volete. Organizzazioni che intendono la difesa dell'ambiente e della natura in un modo, diciamo così, quantomeno eccessivo. I loro membri sono ossessionati dai propri ideali, al punto da non rifiutare azioni violente, come sabotaggi o attentati, pur di affermarli. Senza considerare il contesto in cui agiscono.

– Non sono sicura di aver capito – intervenne Paola.

– Vi faccio un esempio che vi dovrebbe aiutare. Alcuni di questi gruppi ce l'hanno in particolare con la tonnara. Sostengono che è un simbolo della crudeltà dell'uomo sugli animali. Accade qualcosa del genere in Spagna nei confronti delle corride e delle *Plazas de Toros*. Ricorderete che l'ha detto anche il Marchese. Non è che abbiano tutti i torti: oggi non avrebbe più senso massacrare centinaia e centinaia di tonni come un tempo. Ma, appunto, portando all'eccesso quest'idea, i fondamentalisti non riescono a vedere il valore storico, estetico e culturale di un posto come il Lido dove andate a fare il bagno tutti i giorni.

– Insomma, vorrebbero distruggere la tonnara.

– Esatto.

– E questo cosa c'entra col nostro piano?

– C'entra che, se le ipotesi della polizia sono corrette, un bel po' delle premesse del vostro piano sono sbagliate.

Corrado non aveva torto, in fondo. E se ci fossimo inventati tutto? Suggestione e fantasia sono un cocktail sorprendente: messe insieme possono davvero giocare brutti scherzi.

Lo zampino di quegli ecologisti poteva esserci anche nel resto della faccenda, non solo nell'esplosione.

Per non dire che potevamo anche esser-celo immaginato tutto quel complotto. La barca poteva essere affondata a causa del-l'incuria con cui il Marchese l'aveva tenuta. 'U Jurnataru era un tipo talmente strano che non c'era da stupirsi se lo si trovava a girovagare da solo di sera. Che qualcuno volesse acquistare la tonnara, e facesse pressioni sul Marchese in tal senso, era poi cosa piuttosto normale: il Lido si trova su un pezzo di costa molto bello, ideale per qualche progetto edilizio. Si poteva forse dar torto a chi avesse pensato di sfruttarlo per farci dei soldi?

Quel che aveva fatto l'assessore Mida, in fondo, era solo difendere l'idea di una Sicilia nuova, diversa da come ce la si immagina solitamente, più moderna, meno povera, intraprendente. Si poteva accusarla per questo? Peppuzzo, infine, aveva l'unica colpa di essermi antipatico: un po' poco, forse, per tenere insieme il puzzle che avevamo ipotizzato.

Ma, come ho detto, suggestione e fantasia formano un cocktail capace di ubriacare. E con effetti duraturi. Eravamo perplessi dopo il nostro incontro con Corrado e i nostri convincimenti vacillarono, ma alla fine decidemmo di non mollare: *pagghiazzu cu sinni pènti*. E restammo in attesa che il cellulare di Anna, una sera, squillasse. Nel frattempo oliammo per bene le nostre biciclette.

Avemmo fortuna, e non dovemmo aspettare troppo. Due giorni dopo, mentre ero a cena con i miei genitori, suonò il citofono.

– Antonio, c'è la tua amica Anna! Vuole parlarti – mi urlò la mamma.

Andai a rispondere.

– Ho ricevuto un messaggio da Peppuzzo. Pare che stasera sua madre esca. Teniamoci pronti. Fra mezz'ora, in piazza con le bici.

Ci misi meno di mezz'ora. Anche Paola e Anna erano già là. E questa volta non erano vestite per andare a una festa. Jeans e maglietta scura: ci eravamo accordati per un abbigliamento che ci rendesse il meno visibili possibile. Così, in quella specie di divisa, sembravamo i membri di un *commandos* pronti per una missione segreta.

– Peppuzzo avrà una bella delusione, quando si renderà conto che lo bidonate.

– Poco male: un po' di umiltà non può che fargli bene – risolse sbrigativamente Anna.

– Non perdiamo tempo. Dividiamoci come stabilito. Tu, Antonio, resta di guardia al portone di Peppuzzo: se ti capitasse di esser visto, desteresti meno sospetti. Penserebbero all'amico geloso che spia da fuori la festa a cui non è stato invitato.

– Ma soprattutto sono il più veloce in bicicletta e ci metterò meno tempo a raggiungervi – precisai io, con una punta di orgoglio ferito.

– Lo sappiamo, lo sappiamo. Io che sono più lenta vado al monastero di Santa Lucia: con la mia super vista dall'alto terrò d'occhio tutta la zona – disse in tono ironico ma conciliante Anna.

– E io mi apposto all'ultimo incrocio con la strada costiera per Portovecchio e aspetto eventuali indicazioni – concluse Paola.

– Pronti? Orologi sincronizzati? Cellulari accesi?

– Tutto Ok! *Paggiazzu cu...* – attaccai io con enfasi.

– Sì, sì, va bene – tagliò corto Anna. – Pagliaccio chi se ne pente, ma soprattutto chi non bada che il proprio cellulare sia sempre raggiungibile! Andiamo!

In Sicilia, l'ho già detto, siamo soliti cenare particolarmente tardi, così, quando arrivai davanti a casa di Peppuzzo, era buio da un po'. Due sole finestre erano illuminate, segno evidente che la festa non era ancora cominciata e che la signora Mida non era ancora uscita. Perfetto.

Ormai le siepi di oleandri erano diventate per me una specie di seconda casa: ne scelsi una abbastanza folta da nascondere me e la mountain bike e mi misi in attesa.

La casa di Peppuzzo è in una via residenziale, abbastanza appartata e molto tranquilla, dove non transita mai nessuno. Il tempo passava e attorno a me si sentiva solo il canto dei grilli. Di tanto in tanto qualche insetto s'infilava fra gli oleandri, quasi a voler controllare chi fosse l'intruso. Per un paio di volte, noi tre *commandos*, verificammo telefonicamente le reciproche posizioni: era tutto in ordine.

Stavo cominciando a pensare che qualche contrattempo avesse fatto saltare l'uscita dell'assessore, quando l'inequivocabile scatto della serratura del portone che si apriva richiamò la mia attenzione.

Sentii distintamente le raccomandazioni fatte a Peppuzzo: «Mi raccomando. Non aprire a nessuno e vai a letto presto!». *Ogni scarrafone è bello a mamma sua*, dice un proverbio napoletano. Ma mai fidarsi di uno come Peppuzzo! Neanche se sei sua mamma!

In ogni caso, non c'erano dubbi: l'assessore Mida stava per partire. Sentii il rumore della portiera che sbatteva, vidi i fari accendersi: come previsto usciva in macchina. Avvertii Anna, saltai sulla sella e, verificato che nessuno mi vedesse, mi misi all'inseguimento. Riuscii a starle dietro. Andava piano: evidentemente l'assessore non voleva rischiare di fare una figuraccia con una multa per eccesso di velocità. Oppure era in anticipo per l'appuntamento. In ogni caso non la persi di vista quanto bastava, cioè fino a una zona che sicuramente Anna, dal monastero, poteva tenere sotto controllo.

Segnalai la posizione dell'auto alla mia amica, ebbi conferma che riusciva a vederla e mi fermai per un po' a riprendere fiato. Poi mi alzai sui pedali e partii a razzo verso la nostra posizione numero due: il monastero.

Arrivai in un battibaleno. Anna si era sistemata su un muretto che chiamano "il Belvedere", perché da lì si domina tutta la zona sottostante. Era una fortuna che la stagione turistica fosse ormai finita: in piena estate il paesaggio sarebbe stato punteggiato da un'infinità di fari accesi. Ora, invece, si distingueva nitidamente un'unica luce: quella della *nostra* macchina.

Anna era al telefono con Paola.

– Sta venendo proprio verso di te. Tieniti pronta. Manca poco. Ormai dovresti vederla. Ok? Non mollarla. Ha preso la strada costiera. Non va tanto veloce. Tranquilla, io la vedo ancora benissimo. Tieni l'auricolare nell'orecchio e ti guido io. Tanto non può più sfuggirti.

Mi immaginavo Paola che arrancava a fatica dietro l'auto. Io avevo fatto il mio dovere tra stradine e incroci, dove l'assessore era continuamente costretta a rallentare. Non era stato difficile mantenere il contatto. Ma per Paola... Per fortuna c'eravamo noi a tener d'occhio il nostro obiettivo. Era stata proprio una buona idea quella di salire al monastero!

Ma anche i piani migliori possono incontrare qualche imprevisto.

– È sempre davanti a te. Non mollare. Non va neanche troppo veloce. Sì, sì, la vedo. Adesso no, è dietro una curva; adesso sì. Ha rallentato leggermente... Accidenti! Non la vedo più! Ma cosa è successo? Paola, non la vedo più! È sparita!

Era vero. Anch'io avevo seguito fin lì il percorso dei fari, ma di colpo si era interrotto. Come se la macchina fosse stata inghiottita nel nulla. Che mistero era quello?

Mi feci passare il cellulare.

– Paola? Paola? Mi senti?

Dall'altra parte avvertii l'ansimare della mia amica che presumibilmente stava pedalando come una forsennata.

– Ti sento... *pant! Pant!* Ti sento...

– Ascolta. È successo qualcosa di strano.

Non vediamo più le luci.

– Dov'è successo? *Puff*.

– Non lo sappiamo dire, esattamente. Mancava poco a Portovecchio: ha fatto una curva, poi, *plink!* Scomparsa.

– Ok, *pant*, cercherò di capire cos'è successo. Vi richiamo appena scopro qualcosa.

Io e Anna restammo a guardarci stupiti: cos'era accaduto?

8

Un incontro misterioso e un imprevisto telefonico

Il cellulare trillò dopo qualche minuto.

– L'ho beccata. È nel parcheggio del supermarket ISPIS. Vi aspetto. Ma state attenti: arrivate con cautela, perché il posto è deserto e ci vuole poco per farsi scoprire. Muovetevi. *Click*.

– Al supermarket?! Che ci fa a mezzanotte nel parcheggio di un supermarket così lontano dal paese? – mi chiesi. Conoscevo il posto: era isolato e fuori mano. Che senso aveva? Mi aspettavo che l'assessore fosse attesa in qualche villa o nell'appartamento di qualche elegante palazzo: lì l'avremmo persa di vista e avremmo poi dovuto fare delle ricerche per capire chi ci abitava e con chi si era incontrata... e invece... un parcheggio?!

Pedalammo velocissimi in discesa, poi più lentamente a mano a mano che ci avvicinavamo al punto in cui poco prima l'auto dell'assessore era scomparsa alla nostra vista. Era buio pesto: non fosse stato per uno spicchio di luna alto nel cielo, non avremmo visto un'acca.

– Ecco. Questa dev'essere l'ultima curva che ha fatto la macchina...

– E là avanti c'è il parcheggio.

Almeno duecento metri ci separavano da una piccola deviazione laterale che conduceva a un ampio parcheggio, illuminato da un unico, grande e fioco lampione centrale. Il parcheggio rientrava rispetto alla strada principale. La collina lo nascondeva agli occhi di chi guardava dal Belvedere. Ma in ogni caso, l'assessore doveva avere spento i fari ben prima di arrivarci, mentre l'auto era ancora in movimento: evidentemente voleva essere sicura di non essere notata!

Svoltammo cercando di non fare alcun rumore, sfruttando l'oscurità per avvicinarci al parcheggio. All'ingresso trovammo Paola acquattata dietro due cassonetti della spazzatura: il fetore era difficile da sopportare, ma il nascondiglio era ottimale. Abbandonammo le bici in un avvallamento del terreno poco distante.

La macchina dell'assessore Mida era ferma in fondo al parcheggio, in una zona d'ombra lontana da noi. Attorno: nessuno. I soliti grilli. Lontano, l'eco della risacca del mare.

– Ma cosa accidenti sta facendo? – bisbigliai.

Nessuno fece in tempo a rispondermi, però. Il silenzio fu interrotto da un motore, prima in lontananza e poi sempre più vicino. Una manciata di secondi dopo, i fari di un'auto svoltarono dalla strada principale verso di noi. Facemmo appena in tempo a sgattaiolare dall'altro lato dei cassonetti. L'auto procedette lentamente sul terreno sassoso e, arrivata all'ingresso del parcheggio, si fermò proprio a fianco del nostro nascondiglio.

Per un attimo ci guardammo l'un l'altro. Ci avevano visti? Sentivo il sudore gelarmi lungo la schiena.

Dopo un tempo che mi parve infinito, per fortuna la macchina riprese a muoversi: Anna, rapidissima, le scivolò alle spalle. Ma cosa voleva fare? Rischiava di mandar tutto all'aria! Restò per qualche momento ferma, trafficando con qualcosa che aveva fra le mani, e finalmente tornò a nascondersi.

Ci trovammo tutti e tre con la schiena poggiata ai cassonetti a riprendere fiato: la tensione era stata terribile, ma sembrava esserci andata bene.

Interrogai Anna con uno sguardo furibondo.

– Mi è venuto in mente che il mio cellulare fa anche le foto – sussurrò lei. – Ho fotografato la targa della macchina...

Buona idea, ma che rischio!

– Chissà se è venuta...

– Non è il momento, adesso, di preoccuparsi della foto! – sibilò Paola, attirata da un rumore di portiere aperte e chiuse.

La nuova arrivata era stata parcheggiata un po' distante dall'altra. Facemmo appena in tempo a intravedere un'ombra che entrava nella macchina dell'assessore, e poi più nulla.

– Probabilmente qualcuno è sceso dalla seconda auto e adesso sta parlando con l'assessore...

– Bisogna andare più vicini.

– Più vicini?! E come facciamo? Non c'è un riparo nel raggio di cento metri!

– Non è vero: guarda là – e Paola mi indicò un angolo particolarmente buio in fondo al parcheggio, a metà strada tra le due auto ferme, ma abbastanza vicino a tutte e due.

– Altri cassonetti?

– Esatto.

– Ma io non ce la faccio più. Già adesso mi viene da vomitare...

– E piantala. Non fare tanto il raffinato. Piuttosto, come ci arriviamo senza essere visti?

– Aggiriamo il parcheggio dall'esterno – propose Anna.

Tutt'intorno, il parcheggio era circondato da sterpaglie: si poteva provare ad arrivare molto vicini al nostro obiettivo passando da lì. Poi ci sarebbe stato solo un brevissimo tratto da percorrere allo scoperto: se ci fossimo mossi con grande attenzione, potevamo farcela.

L'idea non era male. Ma, di nuovo, scoprimmo che i difetti di quelle che sembrano buone idee si scoprono solo provando a realizzarle. Le sterpaglie non erano solo sterpaglie, ma anche rovi, fichi d'india e cespugli spinosi di ogni genere. Per non esporci, dovevamo procedere acquattati, in alcuni punti quasi strisciando. Non vi dico la quantità di esclamazioni, di gridolini soffocati, di *Ahi! Ohi! Uhi!* che si sentirono prima che arrivassimo alla fine di quell'avventuroso percorso.

– Come spiegherò a mia madre tutti questi strappi nei vestiti?

– Per come puzzeremo potrai sempre dire che hai lottato con un branco di gatti randagi per qualche avanzo di pesce...

– Piantatela di fare gli stupidi. Cerchiamo di arrivarci senza danni, dai nostri genitori, poi ci preoccuperemo di cosa dirgli.

Il momento, infatti, era delicatissimo. Bisognava abbandonare la protezione offerta dall'erba secca del prato e sgusciare fino agli altri cassonetti. Per farlo, si camminava scoperti per una quindicina di metri e, soprattutto, si passava molto vicino alla macchina dell'assessore.

– Meglio correre, o muoversi piano piano?

– E che ne so? Ognuno per sé.

– Come, *ognuno per sé*? Non era *tutti per uno, uno per tutti*?

– Antonio! Piantala di fare polemica su tutto! Muoviti! Prima gli uomini, per cavalleria.

– Ma non era *prima le donne e poi i bamb*...

– Muoviti! –. E Anna mi spinse allo scoperto. Decisi di procedere con cautela. Misi un piede avanti all'altro lentamente, badando a non produrre il minimo rumore, ma il cuore mi batteva all'impazzata. Quando arrivai al riparo, mi accorsi che avevo la maglietta fradicia: è vero che la paura fa novanta!

Anna scelse una diversa strategia: partì di corsa, piegata su sé stessa come se stesse sotto il fuoco di una mitragliatrice. In due secondi era al mio fianco. Paola fece uno scatto, ma subito si fermò per controllare che nessuno l'avesse vista. Poi un nuovo scatto, e ancora uno stop. Pareva uno di quei conigli che attraversano le strade trafficate e sembrano non saper decidere se procedere o tornarsene indietro, rischiando così di farsi travolgere. Ma per fortuna non fu travolta, e arrivò pure lei.

– E adesso?

– Adesso aspettiamo. Cosa vuoi fare?

– A me viene ancora da vomitare.

– E vomita, così poi viene l'assessore a portarti un fazzolettino per pulirti la bocca.

– Capito il messaggio. Penso che resisterò...

Ma resistere non fu facile, perché la cosa andò per le lunghe. E la puzza era ancor più pestilenziale di prima: ma da quanto non li svuotavano quei cassonetti?

L'auto sportiva dell'assessore, parcheggiata al buio e per di più con i suoi vetri scuri, rimaneva impenetrabile. *Click, click, click*. Anna scattava foto.

– Ma cosa staranno combinando?

– Boh. Non sappiamo neanche chi c'è dentro.

– Devono avere delle cose

ben importanti di cui parlare, per metterci tutto questo tempo.

– E devono tenerci proprio alla segretezza, per fare una *riunione* in un posto del genere.

– Secondo me, il nostro mister X deve essere un grosso mafioso...

– Sì: un super ricercato o qualcosa del genere.

– Altrimenti, non si spiega tutto questo mistero.

– Ma Peppuzzo ha detto che sua mamma si incontrava con un pezzo grosso della politica...

– Peppuzzo apre la bocca per far prendere aria alla lingua: come sempre si sarà inventato tutto per farsi bello.

– O forse si riferiva davvero a un pezzo grosso, ma *non* della politica...

– Politica o no, parlate più piano: se no finiamo come il pescatore Santiago. Siamo qui a prendere un pesce grosso e rischiamo che, il pesce grosso, ci peschi lui.

– A patto che non sia troppo grosso.

– A patto che si sbrighi a venire in superficie: se ritardo ancora un po', i miei mi uccidono, quando rientro.

Quasi fossimo stati ascoltati, proprio in

quel momento, una portiera scattò. Restò socchiusa per un po' e poi si aprì. Dall'automobile scese un uomo, che rimase chinato all'interno dell'abitacolo a sussurrare qualcosa e poi si avviò verso l'altra auto, restando di spalle.

In quelle condizioni, accidenti, non eravamo riusciti a vedere chi fosse. Ci interrogammo con lo sguardo: che fare? Sembrava tutto perduto, quando l'altra portiera si spalancò di colpo e l'assessore Mida gridò:
– Archimede!

L'uomo, che era proprio al margine del cono di luce gialla proiettato dal lampione, si voltò.

Il sindaco! Il sindaco La Rossa!

L'assessore Mida gli corse incontro e i due si abbracciarono, a lungo.

Ci guardammo nuovamente, allibiti: quello non era l'abbraccio di due politici che stanno suggellando un accordo, ma qualcosa di più. Non avremmo potuto giurarlo, ma ci sembrò che i due si baciassero.

Click, click, click. Anna, come in trance, continuava a scattare foto. Le diedi una gomitata accompagnata da uno sguardo furibondo: c'era il rischio che anche quel minimo rumore svelasse la nostra presenza.

Per fortuna i due, affaccendati in tutt'altro, non sembrarono accorgersi di nulla.

Quando alla fine l'abbraccio si sciolse, il sindaco si diresse alla propria automobile. La mamma di Peppuzzo resto lì in piedi e, quando l'auto partì, alzò appena la mano in un timido cenno di saluto; poi tornò sui suoi passi, montò in macchina e se andò pure lei.

Noi ci ritrovammo soli. Buio, silenzio e puzza di spazzatura cotta dal sole. Tornammo alle biciclette e ci sedemmo sul bordo del fossato.

Dire che eravamo delusi, era poco. Tutta quella fatica per cosa? Per scoprire che l'assessore Mida incontrava il sindaco La Rossa in un parcheggio....

– Volete dire che quei due, sono... sono...

– Chi se ne infischia cosa sono! Il problema è cosa siamo noi!

– Noi?

– Sì, noi – spiegai. – Questa volta i tonti siamo noi. Abbiamo pensato chissà cosa, per poi scoprire che l'assessore Mida ha un intrallazzo con il sindaco. Altro che boss mafioso! Bella scoperta! Cosa ce ne importa?

– E, soprattutto, cosa c'entra con la tonnara?

– Appunto: non c'entra niente.

– Ci siamo immaginati tutta una storia inesistente.

– E restiamo con niente in mano.

– Non è vero: restiamo con due fondamentali problemi da risolvere.

– Cioè?

– Il primo è cosa dire ai nostri genitori quando arriveremo a casa in clamoroso ritardo e con i vestiti tutti strappati.

– E il secondo?

– Il secondo è come me la caverò quando Peppuzzo si vendicherà con me per il bidone che gli avete tirato *voi*.

Per fortuna, il giorno dopo, non mi capitò di incrociare Peppuzzo. A dir la verità, mi guardai bene dall'uscire per tutta la mattina: il che mi permise anche di mostrarmi pentito di fronte ai miei genitori per il clamoroso ritardo della sera prima. Venni perdonato, e nel pomeriggio mi trovai con Anna e Paola alla tonnara. Le vacanze stavano davvero per finire, e di lì a poco Anna sarebbe partita. Un bel bagno ci stava proprio, prima che fosse troppo tardi.

E in effetti, l'atmosfera era tutto fuorché vacanziera. Come al solito, il Lido era semideserto: Mohamed aveva poco da fare, e passò un po' di tempo con noi, come non faceva dal giorno dell'esplosione.

Ci sedemmo sulla punta al molo, con i piedi a mollo. Mohamed sembrava particolarmente mogio. Alla fine, a forza di sollecitazioni da parte nostra, si lasciò andare.

– Marchese mi dice che tra un po' tutto finito.

– E beh, che c'è di strano? Sta finendo agosto: è normale che il Lido chiuda.

– Non è fine vacanze. Marchese dice che io no lavora qui ancora.

– Non lavorerai più qui?

– E se io no lavoro... io torno a casa... o sto clandestino... se non trovo altro lavoro...

– Ma vedrai che troverai sicuramente un altro lavoro...

– Difficile. Nessuno vuole lavoratore marocchino. Nessuno vuole marocchino in regola, come dite voi, con rispetto leggi di lavoro. E se no rispetti leggi, torni a casa.

– E perché non puoi più lavorare qui?

– Non so. Marchese non dice. Ma io penso lui vende tonnara.

– Rieccoci da capo. 'U Marchisi venderà la tonnara e noi non siamo riusciti a fare niente per impedirlo...

– Però ci abbiamo provato...

– Ma a volte provare non basta. Mi sento così in colpa...

– Anch'io.

– Anch'io.

Stavamo tutti e tre lì così, a testa bassa, facendo *picio-pacio* con i piedi sulla superficie dell'acqua appena increspata dalla brezza che precede il tramonto, quando un richiamo ci ridestò dai nostri malinconici pensieri.

– Ehi! Chi vuole fare un giretto in barca?

– Corrado! Cosa ci fai qui?!

– Veleggio! Non si vede? Dai, vi vengo a prendere.

Aiutammo il gozzo ad accostare al molo e, prese le nostre sacche, salimmo a bordo. Poco dopo salutavamo Mohamed, rimasto sul molo a guardarci.

– Sono davvero contento di vedervi. Avevo alcune cosine da dirvi, ma... cosa sono queste facce mogie? Ho come l'impressione che qualcosa, nei vostri piani, sia andato storto.

– Più che storto: stortissimo.

Ci sentimmo ancora più stupidi a raccontare tutta la faccenda della sera prima e alla fine Corrado ci guardava con un'espressione strana: sembrava per metà divertito, come se stesse sul punto di scoppiare a riderci in faccia, e per metà pareva che si stesse concentrando su qualche pensiero nascosto.

– E queste foto che avete fatto, si potrebbero vedere?

– Sicuro – rispose Anna, chinandosi a frugare nella sua borsa. – Ho qui il telefonino. Aspetta. Dunque. Eccole qua.

– In effetti, si direbbe che abbiate preso un bel granchio...

– Bella, questa: abbiamo preso un granchio invece di un pesce grosso!

Corrado continuava a osservare le foto.

– Cosa stai pensando?

– Mmm... Stavo pensando che nel mio computer c'è un programma che permette di intervenire sulle fotografie: le ingrandisce, rende più nitidi i particolari... Magari guardandole meglio si può scoprire qualcosa che vi è sfuggito.

– Mi sembra che ci sia proprio poco da scoprire. Però, se ci tieni... Credo che si possano inviare da un telefonino a un altro. Ma non so bene come si fa.

– Lo so fare io – disse Corrado, mettendosi ad armeggiare con i tasti del cellulare di Anna. – Benissimo: dovrebbero essere arrivate tutte al mio telefono. Vediamo. Sì, ok, tutto a posto.

Corrado schiacciò ancora qualche tasto, poi chiuse il cellulare di Anna e glielo rese.

– Infilalo subito nella borsa: siamo controvento e non vorrei che gli spruzzi lo bagnassero.

Infatti Corrado aveva invertito la rotta; stavamo tornando verso il Lido.

– Ma anche tu hai detto che avevi qualcosa da raccontarci...

– Oh, non era niente di importante. Piuttosto, si sta facendo buio e le giornate si stanno accorciando. Se volete farvi un bagno al largo, fatelo adesso, e alla svelta. Io, dopo avervi riportato indietro, devo rientrare al porto, e non vorrei arrivare a casa a notte fonda.

Consiglio sensato: l'acqua, come sempre a quell'ora, era tiepida e accogliente. E, come sempre a quell'ora, il bagno fu davvero splendido.

Per qualche minuto ci dimenticammo di ogni cosa, e tutto sembrò tornato sereno come all'inizio della nostra vacanza insieme, tra risa gioiose, scherzi spensierati, divertimento e allegria.

– Antonio! Paola! Ehi!

Anna si sbracciava di lontano per richiamare la nostra attenzione. Era un po' in ritardo all'appuntamento. Ciascuno di noi era stato impegnato per tutta la giornata e, avevamo concordato che ci saremmo visti al solito posto la sera seguente, dopo cena.

Mancavano solo tre giorni all'inizio della scuola e Paola si era dovuta mettere a fare i compiti delle vacanze, che aveva trascurato. Io ero andato con i miei genitori a comprare i nuovi libri. Mentre Anna aveva dovuto preparare i bagagli: purtroppo, sarebbe partita il giorno dopo.

Così, eccoci lì, davanti alla gelateria, per la serata d'addio. Ma Anna non sembrava molto propensa alle malinconie, anzi.

– Ragazzi! È successa una cosa stranissima! Stavo scambiando messaggi con i miei per mettermi d'accordo circa il mio viaggio di domani e ho scoperto che le foto sono sparite dal mio telefonino!

– Vuoi dire le foto che abbiamo fatto al parcheggio?

– Certo: solo quelle! Vedi? Le altre ci sono ancora. Guarda, questa, per esempio, sei tu che fai il tuffo della cicogna polacca ubriaca...

Una foto di Paola, sospesa per aria in una posa a dir poco scomposta, con la lingua fuori e gli occhi spalancati e strabici era apparsa sul display del cellulare. Io scoppiai a ridere.

– Ok, ok. Non è una bella cosa da vedere – tagliò corto Paola. – In sostanza, quello che stai dicendo è che non c'è di mezzo un guasto o qualcosa del genere, ma che sono scomparse esclusivamente le foto dell'altra sera.

– Esatto.

– Che c'è di strano? – chiesi io, che ne capisco proprio poco di telefonini. – Se Corrado le ha inviate sul suo cellulare, è ovvio che non sono più sul tuo.

– Non funziona così. Quando mandi un messaggio con un allegato, per esempio una foto, quello non si cancella: resta registrato su tutti e due i telefoni.

– E allora?

– Allora, ho provato a fare quello che ha fatto Corrado: ho mandato una foto ai miei genitori. Non si è mica cancellata. Per toglierla dalla memoria del mio telefonino ho dovuto fare un'operazione apposita, e neppure troppo semplice. Si devono schiacciare un po' di tasti e confermare due volte la propria decisione di cancellare, se no la foto resta lì.

– Questo vorrebbe dire che Corrado le ha cancellate apposta?

– Non trovo altra spiegazione.

Ci eravamo messi a passeggiare, perplessi. Alla fine fu ancora Paola a rompere il silenzio.

– Non capisco: perché Corrado avrebbe dovuto prendersi le foto e toglierle a noi?

– Non voleva le avesse nessun altro...

– D'accordo, e lui cosa se ne fa?

– Se le è fatte dare dicendo che le avrebbe studiate meglio al computer, ma a questo punto mi viene il dubbio che fosse una scusa.

– E il motivo vero, allora, quale sarebbe?

– Me ne viene in mente uno solo: voleva farle sparire.

– Ma questa non è una risposta! Perché mai vuole farle sparire?

Cammina, cammina ci eravamo allontanati dal centro. Adesso stavamo procedendo in una grande via alberata. Io, pensieroso, prendevo a calci una lattina vuota.

– Guardate! – gridò Anna, a un certo punto. – Quello è Corrado! Là, in moto!

L'inconfondibile scooter elettrico si era

arrestato a un semaforo rosso, una decina di metri più avanti di noi. L'ombra degli alberi ci nascondeva e probabilmente Corrado non ci aveva notati. Il semaforo diventò verde.

– Seguiamolo!

– Ma... –. Volevo obiettare che era un po' assurdo tentare di inseguire una moto a piedi, però Anna e Paola erano già partite a razzo e Corrado, superato l'incrocio, aveva quasi subito messo la freccia e rallentato, per svoltare in una via laterale. La imboccò, e facemmo in tempo a vederlò, una cinquantina di metri dopo, girare nuovamente a sinistra. Ci precipitammo in quella direzione e, oltrepassato l'angolo, ci inchiodammo, per fare rapidamente marcia indietro.

– Fermi! Nascondetevi! Si è fermato!

Occhieggiando da dietro l'angolo, vedemmo che effettivamente Corrado era sceso dallo scooter, si era tolto il casco e, afferrata una borsa, si era infilato a passo svelto in un portone.

Ma io quella casa la conoscevo! Distratto dalla passeggiata con le mie amiche, non mi ero reso conto di dove fossimo arrivati. La via dove si era fermato Corrado era quella dove anch'io mi ero appostato due sere prima. E quel palazzo era quello dove abitava Peppuzzo: o, meglio, l'assessore Mida!

Ci arrischiammo ad avventurarci lungo il marciapiede, ma dalle finestre non si riusciva a vedere nulla. Andammo a rintanarci dietro gli ormai familiari oleandri e aspettammo.

Trascorse poco più di mezz'ora, poi il portone si aprì: ne uscì Corrado, che rapidamente rimontò in sella e partì. Impossibile, ancor prima che inutile, seguirlo di nuovo. Restammo lì un po', a vedere le finestre della casa dell'assessore farsi buie una dopo l'altra: ne rimase illuminata solo una, al primo piano. Dopo una decina di minuti si spense anche quella. Mi sembrò che, con lei, si spegnessero pure la fiducia e le speranze che avevamo alimentato in tutti quei giorni.

9

E quando tutto sembrava perduto...

LA MATTINA DOPO, DI BUON'ORA, scesi alla tonnara. Avevo dormito malissimo e mi ero svegliato all'alba. Mogio com'ero, non avevo voglia che i miei genitori cominciassero a tempestarmi di domande sulle ragioni del mio pessimo umore, e appena avevo potuto me ne ero scappato fuori.

A dir la verità sarebbe bastato il fatto che quello era l'ultimo giorno di vacanza a buttarmi giù. L'ultimo giorno di vacanza mi fa sempre questo effetto. Vorrei fare tutto quello che non potrò più fare, ma al tempo stesso non mi viene voglia di far niente; sto lì a pensare cosa fare e il tempo corre via veloce, molto, molto più veloce che gli altri giorni; più passano le ore e più mi assale la sensazione che non abbia ormai più senso far nulla. Peggio: che nulla, in assoluto, abbia più senso. Un po' come fosse il giorno prima della fine del mondo. Mi si chiude lo stomaco e di solito finisce che non combino più niente.

Quel giorno, almeno, non lo avrei trascorso così: c'era da accompagnare Anna all'aeroporto. Ma questo non migliorava certo il mio stato d'animo, anzi, mi pareva ancor di più che tutto fosse finito.

Mi ero seduto a uno dei tavoli del ristorantino che domina il Lido, ma oggi nessuno avrebbe apparecchiato. Mohamed mi aveva, infatti, appena degnato di un saluto distratto: era indaffaratissimo a smantellare tutto. Da domani anche il Lido avrebbe chiuso. Pure il panorama sembrava essersi adeguato a quella giornata di depressione: il sole era meno brillante del solito, una cappa di foschia aleggiava sul mare, l'azzurro dell'acqua pareva essersi spento.

Mi prese una tristezza indescrivibile. Tenevo lo sguardo fisso all'orizzonte e pensavo a come sarebbe stato bello vedere spuntare la vela di Corrado senza che nulla fosse cambiato, e invece...

Non bisogna mai fidarsi di nessuno, mi venne da pensare. Tanto meno degli adulti, lo sapevo. Ti raccontano un mucchio di frottole per scopi loro, che spesso tu non riesci neppure a capire. Anche Corrado. Chi l'avrebbe detto. Ci aveva traditi. Non capivo perchè, ma mi rendevo conto che aveva fatto il doppio gioco: ci diceva una cosa e ne pensava un'altra. E forse ne faceva un'altra ancora. Avevo creduto che stesse dalla nostra parte e invece era tutto un bluff. Ci aveva usati per avere delle informazioni, ma sotto sotto se la intendeva anche lui con l'assessore. Tanto che ci aveva sottratto le foto e gliele aveva portate. Evidentemente (il che forse mi faceva ancora più male del resto) aveva finto di interessarsi alla sorte della tonnara: tutte quelle belle parole sull'importanza del passato e della storia dei posti dove si vive... *bleah*! Che schifo! Non gliene importava un bel niente. Chissà come, pure lui era coinvolto nel gioco sporco dell'assessore: *bleah* e *ribleah*!

E invece, a guardarlo anche adesso, con gli occhi che mi si stavano velando di lacrime di rabbia, quel posto era incredibilmente bello! E poteva darsi che l'anno prossimo non ci sarebbe più stato...

Sentii alle mie spalle il rumore di una

porta sbattuta. Poco lontano 'u Marchisi stava girando la chiave nella serratura di casa sua. Non si era accorto della mia presenza e si avviò lentamente, zoppicando, per la salita che portava su, alla strada. Io, per parte mia, non me la sentii proprio di chiamarlo. Magari stava andando a concordare il prezzo di vendita della tonnara. Lo guardai per un po' procedere faticosamente, poggiandosi al suo solito bastone, e poi rituffai gli occhi nell'orizzonte.

L'aeroporto era affollatissimo. La vigilia dell'apertura delle scuole è sempre un giorno di grande "esodo vacanziero", come lo chiamano nei telegiornali. Non a caso, per arrivare, avevamo trovato un bel traffico. Fortunatamente eravamo partiti con grande anticipo perché anche lì, nella sala dei *check-in*, c'era molta confusione! Lunghe file intasavano gli sportelli, carrelli colmi di bagagli impedivano il passaggio, piccoli gruppi di accompagnatori stazionavano, annoiati o ansiosi, quasi ovunque. Gli annunci all'altoparlante erano spesso indecifrabili per il rumore di fondo che regnava nella sala, fatto di richiami agitati, di pianti di bambini impazienti, di rimproveri di genitori innervositi, di telefonate a voce troppo alta.

In tanta confusione non c'era stato spazio e tempo per parlare tra noi come si deve. Ammesso che ci fosse qualcosa da dire. In quelle situazioni, non per niente, gli adulti sono sempre in imbarazzo, perché non sanno cosa fare. I bambini, più sensati, stanno zitti.

Noi, appunto, stavamo zitti. Eravamo ormai giunti all'Area partenze, dove accedono solo i viaggiatori. Pochi metri davanti a noi, un'elegante hostess si guardava attorno reggendo un foglio dov'era scritto a grandi lettere il nome di Anna: era la sua accompagnatrice per il volo. Pochi metri indietro, i genitori di Paola, gentili, si erano fermati per lasciarci un piccolo momento di saluto tutto nostro. Ci guardammo.

– Beh, telefoniamoci...

– Fa niente se io ti scrivo? Mi piace di più, e lo sai che con i telefonini non ci vado tanto d'accordo.

– Ok, Antonio. Va benissimo se mi scrivi: mi farà piacere.

– Però mi scrivi anche tu?

– Certo che ti scrivo anch'io. E poi avrai sempre notizie da Paola, vero Paola?

– Sicuro, io il telefonino lo so usare: non come questo troglodita. E poi ci vediamo presto. Ti vengo a trovare durante le vacanze di Natale.

– E ci divertiremo un mucchio. Magari da me ci sarà la neve...

– E comunque ci vediamo ancora l'estate prossima, vero?

– Certo. E ci faremo ancora un mucchio di bagni, le gare di tuff...

Anna si impiantò a mezza frase, e non le riuscì di finire. A tutti e tre venne in mente che forse l'anno prossimo non sarebbe stato tutto uguale e che avremmo dovuto cercarci un altro posto per le gare di tuffi e, insomma, non sarebbe più stata la stessa cosa. Se potevamo aggiungere una nota di tristezza a quell'addio, c'eravamo riusciti.

– Ok. È meglio che vada – tagliò corto Anna, con gli occhi lucidi.

– Ok – sospirò Paola, con gli occhi lucidissimi.

– Ok – chiusi io, evitando di guardarle in faccia.

Ci abbracciammo. Poi Anna si voltò, raggiunse la hostess, scambiò qualche battuta che non udimmo e passò la barriera dei *metal detector*.

Ci indirizzò un ultimo ciao con la mano e fece per avviarsi.

Fu proprio in quel momento che, alle nostre spalle, sentimmo gridare: – Anna! Anna! Aspetta!

Nella folla disordinata che formicolava attorno vedemmo sbracciarsi Corrado che cercava di farsi strada per raggiungerci. Ma possibile che ci capitasse di incontrarlo dappertutto? Era l'ultima persona che desideravo vedere in quel momento e dalla faccia di Paola si poteva giurare che la pensasse allo stesso modo. Vedemmo Anna girarsi, guardarsi attorno perplessa e poi, stupita, fermarsi. La hostess, evidentemente, la sollecitava a sbrigarsi, ma lei le fece segno di aspettare un attimo.

Intanto, Corrado, accaldato e trafelato, ci stava riversando addosso l'affannato racconto di un viaggio fino all'aeroporto rallentato dal traffico: – Lo dico sempre che è meglio andare in giro con lo scooter: avrei saltato tutte le code! Basta con le macchine! Inquinano e non fanno andare per niente veloci come si crede. Non c'era neanche parcheggio. Ho dovuto lasciare l'auto lontanissima. Ho fatto una corsa, per arrivare in tempo! Volevo parlarvi a tutti i costi!

– Non c'è niente da dire, sai? – gli urlai in faccia. – È inutile che ti inventi qualche altra storia. Ti abbiamo visto, cosa credi? Ti abbiamo visto andare di nascosto, di sera, dall'assessore Mida! Pensi che non abbiamo capito perché ci hai rubato le foto?

L'espressione di Corrado restò per qualche secondo interdetta. Poi le rughe sul suo volto corrugato si distesero, e alla fine scoppiò in una franca risata.

– Incredibile! Non vi si può nascondere proprio niente, eh? Ma cosa avete capito?

– Abbiamo capito, abbiamo capito. Abbiamo capito benissimo che...

– Ok. Fermo lì. Sta zitto un momento solo. Anch'io credo di aver capito.

Corrado, che si era accovacciato per poterci parlare meglio, si drizzò e cercò con lo sguardo Anna che, lontana al di là della barriera, non ci aveva persi di vista e stava chiaramente litigando con la hostess, che voleva portarla verso il suo aereo.

Corrado portò le mani davanti alla bocca a mo' di amplificatore e, disinteressandosi della gente attorno che lo fissava stupefatta, urlò a pieni polmoni: – Anna! Mi senti? Va tutto bene! Le foto, non te le ho rubate! La tonnara sopravviverà! Capito? SO-PRAV-VI-VE-RÀ!! E sarà anche più bella di prima! *Tran-quil-la! Buon viag-gio!*

Le ultime tre parole le disse piano, quasi sussurrate, accentuandole però esasperatamente, in modo che fossero comprensibili, col labiale. Anna alzò i due pollici per dire che aveva capito e sorrise. Poi si incamminò, mentre la hostess, esasperata, fulminava Corrado con lo sguardo. Lui, come se niente fosse, le rispose con un cortese cenno di saluto e si voltò verso di noi. Aveva un sorriso diverso, proprio bello, sul viso: questo me lo ricordo benissimo. E quando racconto questa storia, penso sempre che, se fosse un film, mi piacerebbe che a questo punto la macchina da presa inquadrasse l'espressione di Corrado e poi si allontanasse progressivamente, comprendendo noi e poi quelli attorno e via via gli altri e salisse verso l'alto a mostrare tutta la sala d'ingresso dell'aeroporto affollata di gente. E alla fine noi siamo solo dei puntini indistinguibili in mezzo a tutta quella frenesia di gente.

Un mese dopo

Cala Pizzuta, 2 ottobre
ore 15.00

Cara Anna,

sono successe un sacco di cose da quando sei partita. Paola te le avrà sicuramente straraccontate nelle vostre telefonate e nei vostri scambi di messaggini. Mi piace però mettermi qui oggi, alla tonnara, a raccontartele anch'io per scritto, come ci eravamo promessi.

Stamattina ho visto le previsioni del tempo alla televisione: immagini di ombrelli, mantelle bagnate, torrenti gonfi d'acqua torbida. Insomma, da voi, su al nord, piove, e l'autunno sembra arrivato in anticipo. Io, invece, sto seduto su uno dei muretti diroccati che guardano giù, verso il mare, e porto solo una maglietta e i pantaloni leggeri, che usavo anche quest'estate. C'è il sole. Sarai invidiosa.

C'è anche un silenzio fantastico: si sente solo il rumore leggero delle onde. D'altra parte, qui intorno non c'è proprio nessuno.

Mohamed e 'u Marchisi sono usciti in barca, come fanno spesso da un po' di tempo a questa parte, al pomeriggio: dopo la faccenda dell'affondamento, il Marchese non si fida più ad andare per mare da solo. Mohamed, come vedi, non è stato licenziato. Anzi. Il Marchese ha detto che alla sua età e nelle sue condizioni non può più permettersi di vivere da solo: ha dato a Mohamed una delle stanze della sua grande casa e un lavoro come "maggiordomo", almeno fino all'estate prossima (ai cannoli ci pensa comunque sempre la signora Assunta). Sono sicuro che nella decisione ha contato il futuro della tonnara, diventato più roseo: l'anno prossimo servirà di sicuro un nuovo custode.

Mohamed è molto contento, ma anche 'u Marchisi sembra decisamente più sereno e di buon umore. In questo mese mi ha invitato spesso per la merenda e mi ha raccontato storie bellissime (una volta su due quella del suo incontro con Marilyn Monroe, ma fa' niente). Mi ha chiesto pure di te: ti saluta.

Mohamed ha anche detto che, se va tutto bene, la prossima estate farà venire qua suo nipote. Forse avremo un amico in più (mi ha detto che sa fare un tuffo spassosissimo: quello "dell'alligatore egiziano grasso che inciampa sulla riva del Nilo").

La barca è ormai fuori da un bel po': si

staranno divertendo. Guardo l'orizzonte e non se ne vede traccia. Come mi piacerebbe vedere spuntare la vela di Santiago... *Ma Corrado non si fa vedere da almeno un paio di settimane: finite le vacanze, il suo lavoro di avvocato è ripartito a pieno ritmo, e lui è indaffaratissimo. Ho scoperto che, qui nella provincia, non c'è praticamente processo in difesa dell'ambiente che non lo veda interessato. In particolare ce n'è uno, ultimamente, che riguarda direttamente la tonnara e per cui è stato addirittura intervistato dai giornali locali: ti ho tenuto da parte un trafiletto, che ti incollo qui di seguito.*

Proseguono gli accertamenti giudiziari sul gruppo ecologista estremista "FORZA DELLA NATURA", dopo l'arresto avvenuto qualche giorno fa dell'attivista C.L., fermato durante un normale controllo della polizia stradale nella zona di Cala Pizzuta e scoperto in possesso di esplosivo. Nella sede del gruppo è stato rinvenuto altro esplosivo dello stesso tipo e materiale che comproverebbe la responsabilità dell'associazione in alcuni atti teppistici (spesso tanto violenti da sconfinare nel terrorismo) compiuti nella zona nel corso degli ultimi mesi, compresa l'esplosione di un mese fa al Lido della vecchia tonnara. Contro "Forza della Natura" si sono costituiti parte civile, anche a difesa della propria immagine, diversi altri gruppi ecologisti che rifiutano la logica di azione di questi estremisti. L'avvocato Corrado Turlà, notoriamente impegnato in questo genere di azioni giudiziarie, ha dichiarato: «Questa gente non ha niente a che fare con l'ambientalismo serio e va combattuta con tutti i mezzi, mezzi legali e pacifici, s'intende. Non accetteremo mai l'idea che si debba operare con la violenza per rispondere alle violenze messe in atto contro la natura».

E così, anche questo mistero della tonnara si sta risolvendo. Per gli altri, la spiegazione è più complessa, e non credo comparirà mai sui giornali.

Corrado mi ha confidato che la prima intuizione in proposito gli è venuta il giorno della nostra visita al faro (ti ricordi?): il merito sarebbe di mio fratello, Giò, e di quel suo strampalato paragone tra la vista che si godeva dall'alto e uno dei puzzle con cui lui si diverte a giocare. Tutti quegli appezzamenti di terreno che si incastravano uno con l'altro e che circondavano la tonnara hanno fatto venire in mente a Corrado certi incartamenti che aveva consultato in cui compariva il nome dell'assessore Mida e gli hanno acceso una lampadina nella testa. Ha fatto delle verifiche al catasto e ha scoperto che la mamma di Peppuzzo (cercando in ogni modo di non fare pubblicità alla cosa) stava da tempo acquistando i terreni nelle vicinanze della tonnara: ormai aveva praticamente completato il puzzle. Corrado ha cercato di raccogliere informazioni in proposito e ha scoperto che spesso, per ottenere la vendita, c'erano state pesanti pressioni da parte del sindaco sui vecchi proprietari; in alcuni casi, poi, ci sarebbero addirittura state minacce e violenze. Qualcuno ha soffiato anche il nome di Ciccio 'u Truce. Come puoi immaginare, però, sulle pressioni e sulle violenze sarebbe stato impossibile trovare prove o ottenere testimonianze.

Corrado supponeva, a ragione, che l'assessore volesse mettere in atto una perfetta speculazione sul Lido. Sostenendo la necessità di rinnovare il turismo della zona e preparando tutte le condizioni perché la tonnara venisse sostituita da un moderno villaggio vacanze, i terreni circostanti (ora di sua proprietà) avrebbero centuplicato il proprio valore, avrebbero sicuramente goduto di ricchi finanziamenti pubblici e avrebbero potuto ospitare le più svariate e redditizie attività. Sarebbe diventata molto ricca e molto po-

tente (abbastanza ricca e potente, ha aggiunto sogghignando Corrado, da dare con successo la definitiva scalata al posto di deputato nazionale che le sta tanto a cuore: pare che ci vogliano davvero tanti soldi e tante relazioni, sai?, per riuscirci).

Corrado stava meditando di rivelare quel progetto orribile ai giornali, ma non era sicuro dell'effetto che avrebbe ottenuto e di riuscire a vincere la durissima battaglia fatta di denunce e querele che sicuramente ne sarebbe seguita, quando ci ha incontrato il giorno dopo il nostro pedinamento al parcheggio. Voleva raccontarci le sue scoperte ma, ascoltato il nostro racconto, ha cambiato idea lì per lì. Gli è venuto in mente un piano reso possibile proprio dalle nostre foto. Se le è fatte dare e, per sicurezza, le ha cancellate dal cellulare di Anna.

«Qualunque cosa fosse accaduta, era meglio per tutti che voi non le aveste più» mi ha detto.

«Mi era venuto in mente» ha aggiunto «che né l'assessore Mida né il sindaco La Rossa sarebbero stati contenti che quelle foto finissero sui giornali. Non sapevo che reazione avrebbero avuto quando gliene avessi fatta balenare la possibilità...».

«Vuoi dire che quando ti abbiamo visto entrare nella casa della mamma di Peppuzzo, andavi a ricattarla?» gli ho chiesto.

«Ma no! Certo che no. Diciamo che le ho onestamente spiegato come stavano le cose e le ho dato dei "suggerimenti" che era nel suo interesse non rifiutare.»

«E lei?»

«Lei, che comunque la si pensi, è una donna intelligente, non li ha rifiutati.»

Così mi ha raccontato l'accaduto Corrado: me lo ricordo come fosse ora.

I risultati sono in questo altro articolo di giornale.

CRONACHE DAL CONSIGLIO COMUNALE: SORPRENDENTI DECISIONI

Vivace e per certi aspetti clamorosa seduta del Consiglio Comunale, l'altro ieri sera. La maggioranza ha votato compatta una serie di provvedimenti, proposti dall'assessore Elena Mida, in favore del recupero e della tutela dell'area della Tonnara di Cala Pizzuta. La decisione ha avuto i voti favorevoli anche dell'opposizione, in particolare con il plauso entusiasta degli ambientalisti. L'area circostante la Tonnara, attualmente in stato di abbandono, verrà "riqualificata", per usare il termine impiegato dall'assessore: verranno consolidati i dirupi sul mare, piantumate ad agrumi le zone aride, arricchite con vegetazione mediterranea le zone sassose. All'ombra dell'agrumeto verrà costruito un parco giochi, con un campo da basket.

L'intera struttura muraria della Tonnara, oggi in decadenza, verrà restaurata e al suo interno sarà creato un piccolo ma ricco Museo della Tonnara, che sarà l'unico in Sicilia a raccontare la storia di questa tecnica di pesca così importante per il nostro passato: dovrebbe rappresentare un punto di attrazione culturale per i turisti. Ma i turisti avranno anche altro di cui godere: sono stati stanziati alcuni fondi a favore del Lido realizzato negli ultimi anni dal Marchese Fiammaregio perché all'inizio della prossima stagione estiva si presenti ancor più invitante e accogliente. «Può diventare il fiore all'occhiello della nostra offerta turistica» ha detto nel corso del dibattito l'assessore Mida «dobbiamo dargli acqua sufficiente perché si mantenga fresco e profumato».

A chi ha obiettato che non sembrava questa la linea politica dell'assessore negli ultimi mesi, la signora Mida ha replicato seccamente:

«Nessun voltafaccia. Non ho mai detto che bisognasse distruggere ciò che di buono già c'è sul nostro territorio. Ho sempre parlato di riqualificazione e di miglioramento dell'offerta turistica. E per migliorare l'offerta occorre anche diversificarla. Il

Lido della Tonnara è un vero e proprio gioiello, che va difeso in tutti i modi. Sto lavorando da mesi a questa idea, perché so come vanno le cose nel nostro Paese. Posso così rivelarvi di aver acquistato a mie spese la maggior parte dei terreni che circondano la Tonnara per essere sicura che non venga messo in atto alcun tentativo di speculazione e sto studiando la possibilità di farne dono al Comune».

L'impegno civico e il disinteresse dell'assessore non potevano che essere lodati da ogni parte politica, persino dagli avversari. Parole di grandissimo elogio sono venute in particolare dal sindaco La Rossa, che ha confermato il lungo lavoro di preparazione alle spalle di questi provvedimenti: «È stato un impegno durissimo, in perfetta coincidenza con i valori che da sempre difendo: serietà, trasparenza, onestà. Un lavoro compiuto spalla a spalla con tutto il mio staff politico, e in particolare con l'assessore Mida. Spero che i cittadini lo apprezzino e non se ne abbiano a male se ora mi concederò un po' di riposo: sono stato troppo assente dalla mia famiglia negli ultimi tempi, e adesso voglio farmi perdonare». Il nostro sindaco è sempre attentissimo ad essere un buon padre e un buon marito, come si vede!

Proprio in chiusura di seduta è passato a larga maggioranza un ultimo provvedimento, mirato a sensibilizzare i cittadini verso il valore e la bellezza di quest'area territoriale: già nel corso di quest'anno scolastico, la zona militare del faro di Cala Pizzuta verrà aperta al pubblico per consentire la visita dei bambini delle scuole materne e primarie della provincia. L'iniziativa, che prevede anche un concorso riservato ai migliori disegni prodotti dai bambini stessi per documentare la giornata di visita, si chiamerà: "Il mio amico faro".

Insomma, da decenni non si vedeva un'azione politica unanime come questa, in Comune. Ma non solo in Comune, bisogna dire: quando mai si vedono i contrapposti partiti politici unirsi, mossi da un ideale civile e dalla volontà di difendere il bene pubblico? Questo è quello che è successo ieri sera nel nostro Consiglio, e c'è di che andarne fieri. La notizia è già rimbalzata sui quotidiani nazionali e sulle reti televisive e nei prossimi giorni farà sicuramente dell'assessore Mida una vera star della politica. «Ma non mi interessa diventare famosa o guadagnarmi un posto in parlamento» ha dichiarato la signora Mida «l'unica cosa che mi sta a cuore è il futuro della mia Regione e il benessere dei miei elettori». Non c'è da stupirsi, però, se stasera l'assessore sarà ospite di "Guancia a guancia", il più famoso talk show televisivo nazionale.

Un'altra novità: Peppuzzo s'è preso anche lui un soprannome: Peppuzzo Bbummulune. *Hanno cominciato a chiamarlo tutti così.*

Bbummulune *vuol dire semplicemente "che parla rumorosamente" ma suona come una presa in giro, uno sfottò. Insomma, uno arrogante come Peppuzzo non ne deve certo essere contento. Qualche voce è girata sul vero andamento di tutta la faccenda della tonnara e qualcuno deve aver pensato che ci fosse di mezzo anche la lingua troppo lunga di Peppuzzo (com'è, come non è, Ciccio 'u Truce e 'u Jurnataru sono spariti dalla circolazione...). Fatto sta che adesso si trova appiccicato addosso questo* Bbummulune, *e sarà dura per lui scollarselo. Ma magari un po' di umiltà gli farà bene. Anche se dubito che cambierà molto.*

Perché, come hai visto dall'articolo, da queste parti tutto cambia, ma tutto resta uguale (l'ha già detto qualcuno, mi pare...). Almeno, in questo caso, a guadagnarci è stata la tonnara. E mi piace, adesso, starmene qui con questa lieve brezza a guardare il nostro angolo di paradiso e pensare che l'estate prossima lo troveremo nuovamente pronto ad accogliere i nostri giochi. Magari ci torneremo l'anno successivo, e quello dopo, e quello dopo ancora. E chissà che un giorno non ci verremo con i nostri bambini e avremo un mucchio di belle storie da raccontare loro:

compresa quella di come, tanto tempo prima, contribuimmo a salvare la tonnara.

Bello, no?

Un abbraccio,
io, Antonio, ancora senza soprannome.

Indice

Chi è Paolo Colombo?

Paolo a tre anni

Anna dice di Paolo: «Nonostante il suo cognome faccia pensare a scoperte e avventure, Paolo è una persona molto "stanziale" e mal sopporta i viaggi, anche quelli di un'ora, dovunque e comunque lo portino. È uno dei pochi che al termine di una vacanza è sempre contento di tornare a casa. Insieme, però, abbiamo visto posti straordinari.

Nello scrivere, come nella vita, la cosa che più lo contraria è doversi "sprogrammare", cambiare i programmi. A fatica quindi sta scoprendo che il bello di fare le cose in due, scrivere o più semplicemente vivere, sta anche nel seguire l'onda o contrastarla a seconda del momento, sfruttando il vento più favorevole o il proprio intuito.

Paolo è da tantissimo un caro amico: oggi, probabilmente, il migliore. Non ha smesso mai un minuto di esserlo e mi continua a sorprendere nel suo saperlo fare. Con lui non servono le parole e sa sempre essermi di aiuto in questa vita complicata.

Ama la vita e cerca di trovare appena possibile un'occasione per festeggiare, con un brindisi o un sorriso. Gli piacciono molto i riti ed è forse anche per questo che l'ho sposato. Mi piace svegliarmi la mattina al suo fianco».

Anna Simioni

Chi è Anna Simioni?

Anna a sette anni

Paolo dice di Anna: «Anna è bella: di fuori e di dentro, come si dice. Nuota come un pesce e, se decide una cosa, è testarda come un mulo. Prima che diventasse la ragazza che ho conosciuto e la donna che ho sposato è stata una bambina volitiva e felice di stare al mondo.

All'asilo, raccontava frottole alle maestre: una di loro, in proposito, spiegò che "non le bastava la realtà". Quando ci siamo innamorati, le inventai una favola su una bimba che si nutriva di parole: parole che qualcuno doveva scrivere per lei. Ho sempre pensato che tutto questo abbia a che fare con l'essere diventati scrittori.

Oggi Anna ha un lavoro di grande responsabilità, cui si dedica con impeccabile senso del dovere. L'altra attività che svolge con regolarità è scivolare, inciampare e andare a sbattere contro gli spigoli dei mobili.

Nella sua vita Anna ha avuto anche un dolore grande. Molto grande: ma ha saputo restare felice».

Anna Simioni
e Paolo Colombo

Chi è Lorena Canottiere?

Guardando la mia vita a ritroso incappo inevitabilmente nel libro illustrato, avendo passato gran parte della mia prima infanzia a raccontarmi libri pur non sapendo leggere, trasformandoli così in nenie noiosissime ("c'è una rana... ci sono due rane...") e a imbrattare qualsiasi superficie abbastanza solida da sopportare i miei pastelli a cera. Da allora non ho mai smesso: da ritrattista d'estate ai disegni per scenografie teatrali, ai libretti per cd... E dalle illustrazioni ai fumetti. Mi sa che ormai disegnare sia uno dei miei piaceri più grandi!

Lorena a tre anni

Lorena Canottiere

Lorena Canottiere